JN245823

パトリシア・リドリー
でぶ
残念令嬢
The Revenge of the Unfortunate Lady Patricia
パトリシアの逆襲
～メタボ令嬢が
ガチ筋トレに励んだら、
過去に婚約を断って来た殿方たちが、
なぜかやたらと絡んできます～

カミーユ
パトリシア・
リドリー
ダイエット
後

ヘイデン・
ブルクナー
イサーク・
グスマン

パトリシアの
日常

残念令嬢
The Revenge of the Unfortunate Lady Patricia
パトリシアの逆襲
1
～メタボ令嬢が
ガチ筋トレに励んだら、
過去に婚約を断って来た殿方たちが、
なぜかやたらと絡んできます～
円夢
Illust. 眠介

イラスト：眠介

プロローグ　残念令嬢、覚醒する

気がついたら、見知らぬ男と踊っていた。


何を言っているのかわからないと思うが、私も何が起きたかわからなかった。

そこは、シャンデリアが輝く煌（きら）びやかな大広間。

周囲では、釣り鐘型にふくらんだドレスや、襟の詰まったタキシードなど、妙に古風な衣装の男女が優雅にステップを踏んでいる。

待って、待って。ここはどこ？　私は誰？

パニックを起こしかけたとき、ふいに大量の記憶が押し寄せてきた。


〈私〉はパトリシア。ケレス王国の外務大臣、リドリー伯爵の末娘だ。

今は、隣国マーセデスからやってきた大使の着任を祝う王宮夜会の真っ最中。

そして私と踊っているのは――……。


ぐにゅっ。

いけない。考え事に気を取られて、パートナーの足を踏んでしまった。

「ごめ……っ！」

慌てて謝罪しかけるのと、相手の男が舌打ちするのが同時だった。

「……っ！」

アイスブルーの瞳があまりに冷たくて、反射的に身が竦（すく）む。

まるで汚物でも見るような、嫌悪と侮蔑に満ちた眼差（まなざ）し。

パトリシア（私）はおどおどと目を伏せる。

彼はロッド。父に言わせれば、将来有望な若手の外交官であり——。

——外務大臣である父が、私のために金で買った婚約者だった。


いやいやいやいやいや。

違うよね。

私は頭を振って〈パトリシア〉の記憶を追い払う。

よかった。元の名前も自宅の場所も、何なら勤め先もちゃんと覚えている。

都内某区のパーソナルジム。シェイプアップと美ボディメイクを謳（うた）うそのジムの、私はチーフトレーナーだ。

それがどうしてこうなった??

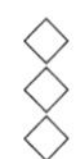

「ダンスはもういいですか」

壁際のソファまで私をエスコートしてきたロッドが、つっけんどんに訊いてきた。

「はい。ありがとう……ございました……」

私は息も絶え絶えにソファに倒れ込む。

私達はさっきのダンスに続いて、次の曲も一緒に踊り終えたところだった。

この国では、それが婚約者同士のしきたりだからだ。

だが、たった二曲踊っただけで、私の息は完全に上がり、大きく開いたドレスの胸元には玉のような汗が浮いていた。

ロッドは仏頂面のまま、それでも通りかかった従僕を呼び止め、冷えた果汁のグラスを取ってくれる。

「ありがとうございます。あの……ごめんなさい」

謝るのはこれで何度目だろう。あの後も私は何度もロッドの足を踏み、一度などは大きくよろけて隣のペアにぶつかってしまった。

その都度、ロッドは盛大に顔を顰め、聞こえよがしにため息をつく。

控えめに言って地獄だった。

「では、僕はこれで」

ロッドが軽く頭を下げ、婚約者の義務は果たしたとばかりにそそくさと去っていく。

私は、知らないうちに詰めていた息を吐き出した。

グラスの果汁を一気に飲み干し、お替わりをもらおうとあたりを見回す。

と、なかば広げた扇越しにこちらを見ている令嬢たちと目が合った。

三日月型に細めた瞳や、意味ありげにこちらを盗み見る眼差し。くすす、と馬鹿にした笑い声。

リドリー伯爵家のお荷物令嬢パトリシア。御年二十二歳の嫁き遅れ。

莫大な持参金と引き換えに、どうにか婚約した相手にさえ、すでに疎んじられている——。

それがこの世界の〈私〉だった。

◇◇◇

抜けるように白い肌。くりんくりんに巻いた髪は見事な金髪で、瞳の色は紫だ。

色彩だけに注目すれば、まずまず綺麗といえなくもない。

でも、ここケレス王国では金髪は貴族のデフォルトだし、白い肌も貴婦人なら当たり前。

唯一珍しい紫の瞳だけがチャームポイントといえなくもないが、残念ながら、それは今、ぷっくり膨れた頬の肉に半分以上埋もれていた。

そう。パトリシアはでぶなのだ。

せっかくの白いお肌には、元の世界でいうアトピーだろう、吹き出物があちこちできており、二重顎の隙間や、無駄に大きな胸の下には、しょっちゅう汗をかいている。

さらに、この世界でもあきらかに年齢にそぐわない、フリルとリボン満載の少女趣味なこのドレス。

我ながらこの姿はイタい。イタすぎる！

鏡張りの壁が続く無人の廊下で、私は頭を抱え込んだ。

あれからしばらくソファで休んでいたものの、周囲の視線に耐えかねて、こっそり一人で抜け出してきたのだ。

磨き抜かれた鏡に映る自分の姿は、なまじ前世の記憶があるだけに、見るに堪えないものがあった。

しかも、である。

先ほど押し寄せてきた記憶によれば、パトリシアは性格もかなりの残念仕様だった……。

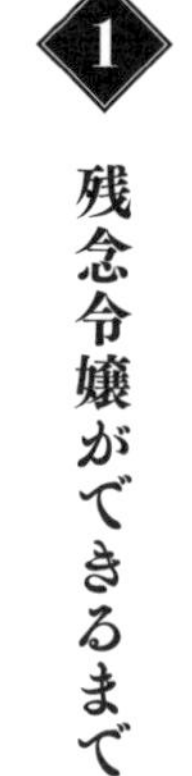

1 残念令嬢ができるまで

外交官という仕事柄、パトリシアの両親は昔から家を空けがちだった。生まれたばかりの赤ん坊に外国の気候は厳しかろうと、パトリシアは生後まもなく乳母に預けられ、王都のタウンハウスで育てられた。

年の離れた二人の兄はすでに海外に留学したり、王立学院の寮に入ったりしており、屋敷にいるのは乳母と大勢の使用人だけ。彼らはお嬢様の機嫌を損ねまいと、パトリシアの言うことには唯々諾々と従った。

かくして、手のつけられない我儘娘(わがままむすめ)が爆誕する。

パトリシアが十歳になった年、隣国マーセデスとの外交で目覚ましい成果を上げた父が、外務次官に就任した。

十年ぶりに本国に呼び戻され、末娘と対面した両親は、そのあまりの惨状に天を仰いだという。好き嫌いが多いせいで極端に偏った食生活。テーブルマナーはなっておらず、外国語はおろか、自国語の読み書きさえ覚束(おぼつか)ない。

三年後には王立学院に通い、そこからさらに三年後には社交界に出て有力な結婚相手を見つけなければならないのに、これでは結婚はおろか、国中の笑い者になってしまう。

危機感を覚えた両親は、娘の躾と再教育を急ピッチで進めることにした。

娘をさんざん甘やかしてダメにした乳母はクビになり、代わりに国内でも指折りの厳しい家庭教師がつけられた。マナーに教養、ダンスに刺繍。貴婦人として最低限必要なあれこれを、入学までに身につけるための、過酷な詰め込み教育が始まったのだ。

当然、パトリシアは抵抗した。泣き叫び、暴れ、癇癪を起こし、何とか元の我儘生活を取り戻そうと頑張ったが、従わなければ辺境の修道院に入れると脅されて、仕方なく言うことをきくようになった。

けれど、突然の環境の変化と、絶え間ない勉強のストレスは、パトリシアを甘い物に走らせた。それまで極端な偏食のせいで、骨が透けて見えるほど痩せ細っていたパトリシアは、ここへきて急激に太り始める。

そして三年後――。


「うっわ、誰だよ、あのでぶ女」

王立学院の入学式で投げつけられたその言葉は、パトリシアを打ちのめした。

十になるまで屋敷の中で使用人たちにちやほやされ、それ以降はほぼ毎日が勉強漬けだったパトリシア。

マナーのなっていない娘を、両親が人前に出さなかったこともあり、彼女には同年代の子どもと遊んだ経験が皆無だった。

おかげで悪口に対する免疫がまったくなかったパトリシアは、それまで聞いたこともないひどい言葉に驚いて、火がついたように泣き出した。

たまたまそばにいた同じクラスの女の子が慰めてくれ、泣き止むまで背中を擦ってくれて、その場はそれでおさまったものの――。

それからいくらもしないうちに、パトリシアはその子にも嫌われてしまう。

「だってパトリシア様ったら、私にああしろ、こうしろって命令ばかりするんですもの」

それまでのパトリシアにとって、自分以外の人間は「言いなりになる使用人」か、「言うことを聞かなければ罰してくる親や先生」の二種類しかいなかった。そんな彼女のコミュニケーション手段は「上から目線で命令する」「泣き喚いて我を通す」「黙って相手の言いなりになる」の三種類しかなかったのだ。

そんなパトリシアだったから、入学早々クラスメイトに爪弾きにされても、自分のどこが悪いのかさっぱりわからず、被害者意識と孤独感だけが膨らんでいく。

辛さを紛らわす手段は、相変わらず甘い物だけ。そうしてさらに月日は巡り――……。

ケレス王国では、男子は十八歳、女子は十六歳で成人する。

上流階級の子女は、おおむねその頃デビュタントを済ませ、早ければそのシーズン中に相手を見つけて婚約する。

パトリシアも十六の誕生日を迎え、シーズン最初の王宮夜会でデビューするはずだったのだが――。

「グスマン侯爵閣下ご嫡男イサーク様、バローロ伯爵閣下ご嫡男ペドロ様、ブルクナー騎士団長閣下ご次男ヘイデン様。いずれもすでにエスコートのお相手はお決まりだそうです」

「ううむ……」

当時、外務長官にまで昇進していた父のリドリー伯爵は、執事の報告に眉根を揉んだ。

「パトリシアと釣り合いの取れそうな若者は、全て売約済ということか」

「売約済というか、本人があの調子では……」

そう言って肩を竦めるのは、リドリー家の長男マルコムだ。パトリシアの上の兄である。

この国では、デビュタントのエスコート役を務めた男性が、おおむね婚約者にスライドする。

将来を見据えた婚活は、シーズン前から始まっているのだ。

だが、王立学院で鼻つまみ者だったパトリシアをわざわざエスコートしようなどという物好きな若者は、当然ながら見つからず……。

「そうだ、お前の息子のデヴィッドはどうだ？」

「ご冗談を。あの子は今年十二になったばかりですよ。身内にエスコートさせるなら、カメロンのほうがまだ釣り合う」

「ちょ、兄上！　勝手に決めないでくださいよ。その夜会、僕はもうエレイン嬢と行く約束をしてるんですから」

父と兄たちとのやりとりをイライラしながら聞いていたパトリシアは、ついに癇癪を起こして大声を上げた。

「もういいわ！　エスコート役がいないなら、私、今年はデビューしません！」

こう言えば、父たちがきっと誰かしら見つけてくれるはず。

そう高をくくっていたパトリシアだったが……。

「そうだな。今年は見送るか」

父と兄たちは肩をすくめ、その年のデビューをあっさり諦めた。

パトリシアにとって不運なことに、翌年は女王が重い病気に罹り、デビュタントの舞踏会は取りやめとなった。

その後も女王の病状は一進一退を繰り返し、次兄のカメロンにエスコートされたパトリシアがようやくデビューできたのは、それからさらに三年後。女王が崩御し、まだ幼い王女に代わり、摂政の位についた王配殿下が統治を始めた年のことだった……。

2 残念令嬢、目撃する

……疲れた。


ケレス王宮、鏡の廊下にて。

私は、背中に回した拳で痛む腰をとんとん叩(たた)いた。

ぜい肉満載のこの身体(からだ)は、ただ立っているだけでもあちこち負担がかかるのだ。

おまけに、少し前から足の爪先が猛烈に痛くなってきて、おちおち回想に浸ってもいられない。

どこかに座れる場所はないだろうか……。

そう思って見回せば、廊下の先にドアがあり、細く開いた隙間から黄色い明かりが漏れていた。

近づいてみると、そこはこぢんまりした書斎のようで、座り心地のよさそうな椅子やソファがセンス良く配置されている。

見たところ無人のようだったので、これ幸いと中に入ってドアを閉めた。

奥のソファに倒れこみ、はいていた靴を蹴るようにして脱ぎ捨てる。

ごとりと床に転がったのは、リボンとフリル満載のロリータっぽいハイヒールだった。やけにごつい踵(かかと)の高さは、十センチ近くもあるだろうか。

案の定というか、見た目重視のお洒落靴(しゃれぐつ)に無理やり押し込まれていた両足は、ぱんぱんに浮腫(むく)んでしまっていた。白い靴下のあちこちに、点々と血がにじんでいる。

「うーわ」

こりゃ痛いはずだわ。

人目がないのをいいことに、ドレスのスカートをめくりあげる。片足を膝にのせてマッサージ
……って、嘘、足が上がらない!?

いや、足はどうにか上がるけど、膝にのせておけないのだ。

まず、足全体についたぜい肉のせいで、膝が鋭角に曲がらない。

やっとのことで足を上げても、膝先にちょこっとのるくらいで、すぐに滑って落ちてしまう。

極めつけに、せり出した腹肉に圧迫されて、前かがみの姿勢がめちゃくちゃキツい!

「これは早急に何とかしないと」

この太りっぷり、もしかすると七〇キロ、いや八〇キロはあるんじゃなかろうか。

トレーナーとしての本能が、レッドアラートを鳴らしている。

このままいけば、若い身空で成人病にまっしぐらだ。

――それはともかく。

今はこの足を何とかしないと、歩くこともままならない。

私は床に仰向けに寝転がり、ソファの座面に両足をのせた。

要は浮腫みが取れればいいのだ。

思ったとおり、足先に溜まった血液やリンパ液が、いい感じに下りてきて、私はほっと息を吐く。

はたから見ればとんでもない恰好だが、このソファは扉に背を向けて置かれている。

たとえ誰かが入ってきても、すぐに見つかることはないだろう。

――なんて。

そんなことを思ったせいで、フラグが立ったに違いない。

カチャリ。

書斎のドアが開き、誰かが部屋に入ってきた。

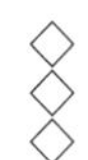

（げげっ）

誰か――正確には誰かと誰か。

ソファが邪魔で足首から下しか見えないけれど、男と女が一人ずつだ。

と思ったら、この二人、ドアを内側からロックするや、吐く息も荒くいちゃつき始めてしまった。

いやいやいやいやいや。待って、待って！

逸る気持ちはわかるけど、そういうことは人目のない場所でやってほしい。

そりゃあ、人目のない場所でこんな格好になってる私も悪いけど！

慌てて起き上がろうとしたものの、私の上半身は、いつの間にか、奥の壁とソファの間にぎっちりはまりこんでいた。

あせってジタバタする間にも、ソファの向こうのお二人は、どんどんヒートアップしていく。

(とにかく、体を動かせるだけのスペースを作らなきゃ)

そう思った私は、頭のてっぺんを壁に突っ張り、両足に思い切り力を入れて、ソファを向こうに押しやった。


ドターン!


派手な音とともにソファがひっくり返り、向こう側の景色が露わになる。

床に仰向けに横たわる男と、その上に覆い被さるように乗っかった派手な赤毛のセクシー美人。

タキシードのジャケットは脱ぎ捨てられ、男のシャツの胸元は大きくはだけて肌が見えていた。

赤毛のセクシー美人のほうは、胸元がちょっとまずい感じに乱れているが、腰から下はたっぷりしたスカートが都合よく目隠しになって、R指定的にはぎりセーフ。

——などと、妙に冷静に観察していた私の耳に、呻くような男の声が飛び込んできた。

「パ、パトリシア嬢!? なぜここに」

のっぴきならない体勢を私の前に晒していたのは、さっきまで一緒に踊っていた婚約者のロッドだった……。

3 残念令嬢、通告される

「婚約は破棄することにした」


舞踏会の翌朝。

私は父の執務室に呼ばれ、開口一番告げられた。

「でしょうねえ……」

あんなものを見せられては、さすがに結婚する気も失せるというか。そもそも最初から感じの悪い人だったし。

だが、父は私をじろりと見据え、「どうするつもりだ」と詰問するように言ってきた。

「国中の若者に総スカンを喰った挙句、やっと見つけた婿がねだったんだぞ！」

「それはそうかもしれませんけど、今回、浮気したのはあちらですし……」

父は無言で、私のほうにB６くらいのサイズの紙を滑らせて寄越した。

王都で発行された新聞、それもゴシップ紙と呼ばれる類のものだ。

質の悪い紙の上半分には、ドレス姿の巨大な豚に押しつぶされて悲鳴を上げる優男の風刺画。その下に、

『外務大臣のご令嬢、またも婚約者に逃げられる！』

という見出しがでかでかと躍っていた。

（あ、文字はちゃんと読めるんだ）

頭の片隅でそんなことを考えながら、私は記事に目を通す。

要約すると――。

外交官補佐ロッド・ザイファート氏（24）には幼馴染（おさななじみ）の恋人がいたが、外務大臣であり、氏の直属の上司でもあるコルネリウス・リドリー伯爵の頼みを断れず、やむなく伯爵の長女であるパトリシア嬢（22）と婚約した。

だがパトリシア嬢は非常に醜く、またザイファート氏に繰り返し暴力を振るうなど、非道な行いが度重なったため、このほど遂（つい）に婚約破棄に至った。

――という内容だ。

ちなみに昨夜のロッドの浮気については、ひと言も触れられていない。

「お父様。私、あの方に暴力など振るった覚えはありませんが」

「ダンスのたびに足を踏んでいただろう」

う。確かに。

「でも浮気の件は……」

言いかけてはたと思い当たる。

「もしかして、昨夜のあの女性が幼馴染の恋人さんですか？」

昨晩、R指定ぎりぎりの姿でロッドに乗っかっていた赤毛のセクシー美人。

父はふんと鼻を鳴らした。

「ザイファートにそのような者はおらぬ。婚約前に、徹底的に身辺調査をしたからな」

「え……？」

ならどうして、と首を傾げる私に、父は嚙んで含めるように説明した。

「パトリシア。おまえはザイファートの浮気相手に嵌められたのだ。調べによれば、彼女は新任のマーセデス大使の娘だそうだ。大方、父親の着任早々スキャンダルになるのを怖れて、あちこち手を回したのだろう」

「手を回したって、こんなゴシップ紙にまで……？」

「そうだ」

何それ、怖い！　陰険だわー。社交界の闇だわー。

「で、でもまあ、見方を変えれば、そんな人と浮気するような男性と結婚しなくてよかったっていうか……」

「パトリシア」

父は、心底残念な子を見るような眼差しでため息をついた。

「事ここに至ってもまだわからんようだから、この際はっきり言っておこう。お前に結婚はもう無理だ」

この国で、貴族の娘が果たす役割は三つある。

ひとつ。有力な相手と結婚し、家同士の絆を深めること。

ひとつ。夫との間に健康な跡継ぎを作ること。

ひとつ。社交界で高く評価され、夫の評判に寄与すること。

中には自身が爵位を持ち、領地を治める女性もいるが、それはかなりの少数派だ。

そんな中、「もう結婚は無理」と言われた私は、政略結婚の駒として、事実上の戦力外通告を受けたも同然だった。

要するに「お前はもう使えん」と実の父から言い渡されたわけで。

「となると、私の行く末は……？」

恐る恐る訊ねながらも、私は最悪の答えを予期していた。

問題のある貴族の娘は、修道院に入れられる。

それも多くは外聞を怖れ、わざわざ王都から遠く離れた辺鄙な土地に追いやられるのだ。

「そうやって修道院に入れられたご令嬢は、二度と出てくることはできません。お嬢様はそうなりたくないでしょう?」

〈パトリシア〉が幼い時分、家庭教師にさんざん聞かされた脅し文句だ。

父が重々しく口を開いた。

「死ぬまで修道院に入るか、歳(とし)のいった貴族の後妻に入るか。――あとは平民と結婚するかだな」

なんだ。他にも選択肢があるんじゃない。

正直、私はほっとした。

別にそこまで結婚したいわけじゃないけれど、終身刑みたいな修道院よりよほどいい。

おまけに、前世の私は四十歳(アラフォー)も間近だった。年上だろうが再婚だろうが、今さらそんなの気にしない。むしろ実年齢? というか、前世の私に近い歳の相手のほうがうまくやっていけそうだ。

平民との結婚も悪くない。こちとら、もともと庶民である。妙に気取ったお貴族様なんかより、そっちのほうがよほど気楽だろう。

(それに……)

しばらく話してて思ったんだけど、このお父様のリドリー卿(きょう)、異例の速さで外務大臣まで昇りつめただけあって、ものすごく頭の切れる人だ。

そんな人が、できそこないとはいえ、自分の娘を考えなしにそこらの平民に嫁入りさせるはずがない。やり手の商人とか、平民だけど見どころのある騎士とか、そのへんを見繕ってくれるはずだ。

ってことは、よほどのことがないかぎり、路頭に迷う心配はない。

それでも相手が見つからなければ、最悪自分で働けば何とか……。

「働く？　おまえがか!?」

父が目を剝き、すっとんきょうな声を上げた。

どうやら、無意識のうちに考えが口に出ていたらしい。

「えーと。いや、まあ、そういう選択肢も……あるんじゃないかなあ……なんて思ったり思わなかったり……あはは、は……」

ごまかし笑いが、白けた空気に消えていく。

そうだった。この世界のパトリシアは、かなりの残念仕様だった。

父はしばらく頭痛を堪えるように目を閉じて眉根を揉んでいたが、やがてため息とともに手を振った。

「行きなさい。いずれにしろ、今すぐどうこうという話ではない。ただし今年の社交シーズンは、家でおとなしくしているように」

つまり、社交はあきらめて自宅謹慎していろと。

私としても、これ以上笑い者にはなりたくないので異存はない。

「はい、お父様」

おとなしく会釈して退室しようとすると、

「パトリシア？」

部屋を出ようとしたところで、後ろから声がかかった。

「何でしょう、お父様？」

振り向けば、父は一瞬、何か言いたげにしていたが、やがて気を変えたのだろう。

「――いや、いい。行きなさい」

そう言って書類に目を戻した。

私の後ろで、重厚なオークの扉が静かに閉まる。

途端に、お腹(なか)が情けない音を立てた。

起きてすぐ父に呼ばれたせいで、まだ朝食を食べていなかったからだ。

(さすがにお腹が空(す)いたわー。朝ご飯、まだ残ってるといいんだけど)

急ぎ足で食堂に向かった私は、だから、知らなかった。

執務室に残った父が、一人、首を傾げていたことを。

「妙だな。パトリシア(あれ)は、あんなに聞き分けが良い娘だったか?」

❹ 残念令嬢、絶賛する

真っ白なクリームに覆われたシフォンケーキ。

シナモンの香り豊かなアップルパイ。

季節の果物をふんだんに使い、アイシングの輝きも美しい宝石のようなタルト。

足つきの銀器に山と盛られたカヌレやクッキーの隣には、白い陶器の壺(つぼ)に入った色鮮やかなジャムやマーマレードが並んでいる。

どこのパティスリーのディスプレイかと思うようなこれらのお菓子は、すべて食堂のテーブルに——私の前に置かれていた。

そう。

偏食のパトリシアは、朝っぱらからご飯代わりにスイーツをもりもり食べる人なのだ！

（いやいやいやいやいや。ダメでしょ、これは——！）

私は心の中で絶叫する。

こんな食生活を続けていたら、いくら若い身体(からだ)でも、遠からずぼろぼろになってしまう。ていうか、すでになりかけている。

「ええと、ごめんなさいね？　今朝は、普通の朝ご飯をいただけるかしら」

壁際に控えていたメイドさんに、遠慮がちにお願いすると、彼女は目に見えて動揺した。

「お、お気に召しませんでしたでしょうか……」

「いいえ、どれもとっても綺麗(きれい)で美味(おい)しそうだわ。だけど今朝は、もう少し……その、甘くない物をいただきたいの」

「甘く、ない物……」

メイドさんは困ったように繰り返すと、「少々お待ちください」と言って食堂を出ていった。

残された私は、お菓子の間に銀製のポットを見つけ、待っている間にお茶でも飲もうと中身をカップに注ぎ入れる。


めっちゃ濃厚なココアだった。


「パトリシア、どんだけ甘党よ――！」

思わず天を仰いだとき、先ほどのメイドさんが大皿を手に戻ってきた。

「も、申し訳ございません。あの、料理人(コック)が申すには、朝食はすでに片づけてしまいまして、今はこのような物しかお出しできないと……」

出された皿にのっていたのは、ラズベリーソースがかかった冷たい蒸し鶏(コールドチキン)、白身魚を加えて炊いたカレー風味のご飯(ケイジャリー)、そして新鮮な野菜のサラダだった。

「すごい！　どれも美味しそうだわ。ありがとう！　作ってくださった方にも、よくよくお礼を言っておいてね。それと、時間外にご面倒をかけてしまってごめんなさい、と」

「は、はひっ!?」

メイドさんは、なぜかヒュッと息を呑むと、走って食堂を出ていってしまった。何なんだ……。

それはともかく。

待望の朝ごはんである。

飲み物がココアというのが残念だけど、どれも素晴らしいお味だった。さすが伯爵家の料理人。高級ホテルの朝食ビュッフェにも引けを取らない美味しさだ。

大満足で食事を終え、そろそろ席を立とうとしたとき、さっきのメイドさんが戻ってきた。

後ろに、でっぷり太った赤ら顔の中年女性がついてきている。小花柄のドレスに帽子を被り、片手に古びたトランクを提げたその女性は、やってくるなり、険しい顔で私を睨みつけた。

「コ、料理人のジョーンズ夫人です」

メイドさんが、びくびくした様子で紹介する。

ということは、この女性があの美味しいご飯を作ってくれたのか。

私は立ち上がり、ジョーンズ夫人に向き直った。

「どうもありがとう、ジョーンズ夫人！　時間外にお手間をかけさせてしまってごめんなさいね。どれもとても美味しかったわ。特にケイジャリーは絶品ね！」

それまでへの字に結ばれていたジョーンズ夫人の口許がわずかに緩む。

「……スパイスの配合には、こだわりがあるからね」

「だろうと思った。それに、白身魚の出汁もしっかりきいてて、茹で卵と一緒に食べると頰っぺたが落ちそうだったわ！」

「………」

「あと、あの若鶏(わかどり)も。胸肉なのに、信じられないくらい柔らかくてジューシーで！　胸肉って、火を通すとすぐぱさぱさになっちゃうでしょう？　なのにあんなに美味しく仕上げるなんて、さすがはプロの腕前だわ！」

タンパク質が豊富な鶏の胸肉は、筋肉をつけたいアスリートにも、シェイプアップを目指すダイエッターにも欠かせない優良食材だ。かくいう私も、各種コンビニのサラダチキンを食べ比べたり、ネットのレシピを参考に、自分なりに工夫したりしてきたが、ジョーンズ夫人のコールドチキンは、それらを軽々と凌駕(りょうが)する柔らかさと美味しさだった。

「あれだったら毎食でも食べられそう。本当に素晴らしかった……！」

前世の苦労を思い出し、熱く語る私を前に、メイドさんもジョーンズ夫人も、目を白黒させている。

「……べ、別に！　そんな大げさに褒めなくたって、毎食、手抜きはしませんし」

ややあって、ジョーンズ夫人がぼそっとつぶやく。

ぷいとそっぽを向いた顔の、耳たぶが赤くなっていた。

けれど、その目が手つかずのスイーツに向いた途端、夫人はまたしても不機嫌な声を出した。

「それで？　今朝は一体、何がお気に召さなかったっていうんです？」

ああ、そうか。

この美しいスイーツたちも、彼女が作ってくれたのだ。

ていうか、この人、あんな美味しいご飯と一緒に、こんなに美しいケーキまで、毎日作ってくれてたの？

（神だわ……）

この人は、紛うかたなき料理の神だ。

そんな神様がお作りになったケーキを無駄にできるか。いや、できない！

とはいえ、自身の健康状態を思えば、これを完食するわけにもいかない。

考えた末に、私は言った。

「いいえ。どれも素晴らしい出来栄えだわ。だから、その仕事ぶりにふさわしく、きちんと味わっていただきたいの」

どんなに見事な料理でも、食べる側のコンディションが悪くては美味しく食べられない。

ストレスによる過食が常態化していたパトリシアは、ほぼ四六時中満腹だっただろう。

そんな状態では、何を食べても味気なかったに違いない。

私が今朝のご飯を美味しく食べられたのは、夜会があんなことになったせいで、たまたま夕食を抜いていたからだ。

「ジョーンズ夫人。このお菓子を一口ずつお皿に盛って、今日のお茶の時間に出してくださる？飲み物はお紅茶で。おそらく、それでお腹がいっぱいになると思うから、お夕食はいらないわ」

ジョーンズ夫人とメイドさんは、信じられないものを見るような目で私を凝視した。

「お夕食が……い、いらない……？」

「ええ」

「では、お寝み前のチョコレートケーキとココアは？」

やめてええ！　それ、確実に寿命が縮むやつ！

「ありがとう。それも無しで大丈夫」

そう言ってから、ふと思いついて言い添える。

「そのほうが、明日の朝ごはんをもっと美味しく食べられるでしょう？」

いや、本当に。

これから毎日、ジョーンズ夫人のお料理が食べられるのかと思うと、楽しみ過ぎてにやけてくる。

私はにやけ顔もそのままに、ジョーンズ夫人にお願いした。

「明日からしばらく、スイーツ類は要らないわ。その代わり、できたらまたあの素晴らしいコールドチキンをいただきたいの。いいかしら？」

「ああ。まあ、そりゃもちろん……」

「嬉しい！　楽しみにしてるわね。それじゃ、ご馳走様でした！」

るんるん気分で部屋を出た私は、もちろん知る由もなかった。

パトリシアお嬢様の偏食と我儘ぶりに、ほとほと嫌気がさしたジョーンズ夫人が、まさに今朝、リドリー家のタウンハウスを出ていこうとしていたことを。

食堂を出たジョーンズ夫人が、まっすぐ厨房に戻っていったことも。

「あれ。ジョーンズ夫人(さん)、メルクール伯爵のお屋敷に行ったんじゃ……？」

厨房で台所女中(キッチンメイド)とお喋(しゃべ)りしていた従僕(フットマン)の若者が、怪訝(けげん)そうに振り向いた。

その間にも、ジョーンズ夫人は、さっさとトランクを調理台の下に押し込み、被っていた帽子を壁に掛けて、エプロンを腰に巻いている。

「うるさいね。どこへ行こうとあたしの勝手だろ」

「いや、でも、紹介状ももう貰(もら)ったって、言ってたから、さ……」

じろり。

ジョーンズ夫人に睨まれて、フットマンの言葉が尻すぼみに消えていく。

「ねえねえ、一体どういうこと？」

彼と喋っていたキッチンメイドが、ジョーンズ夫人と一緒に下がって来た給仕女中(パーラーメイド)に囁(ささや)いた。

「さっきまで、こんなとこどうせ出てくんだから、最後にひとこと、お嬢様にがつんと言ってやる！　なんて息巻いてたのに」

「そうなの。聞いてよ。それがさあ……」

——ぴちょん。

食器を浸けた洗い桶に、水道から一滴のしずくが落ちる。
水面に波紋が広がるように、変化は人知れず始まろうとしていた——。

5 残念令嬢、計量する

「お嬢様」

食堂から部屋へ戻る途中、玄関ホールにさしかかったところで、背後から誰かに呼び止められた。

声の主は、かっちりした黒のロングドレスを隙なく着こなした初老の女性——リドリー伯爵邸の家政婦長(ハウスキーパー)、アトキンス夫人だ。

背後に、メイド服を着た栗色(ブルネット)の髪の若い女性を従えている。

「お嬢様。こちら、先月辞めたリタに代わり、本日からお嬢様付きの侍女(レディースメイド)になりますメリサでございます」

「よろしくお願いいたします、お嬢様」

メリサが、優雅に膝を折って会釈した。

私(パトリシア)より二つ三つ年上だろうか。切れ長の瞳が理知的な、いかにも仕事ができそうなお姉さんだ。

「紹介状によれば、メリサはリード子爵家に五年、ゴードン伯爵家に六年勤めていたとのこと。リタより長続……いえ、お嬢様のお心に適(かな)うかと」

——今、「リタより長続きする」って言いかけたね？

私はメリサに笑いかけた。

「こちらこそよろしく、メリサ」

「――それと」

言いながら、アトキンス夫人が傍らのテーブルから卓上秤を取り上げる。

「こちらが、先ほどお嬢様がご所望になったお品でございます」

前世では朝晩の体重測定が日課だった。なので今朝、身支度を手伝ってくれたアトキンス夫人に、ここにはヘルスメーター……じゃない、秤はないかと何の気なしに訊いてみたのだが。

差し出されたのは、どう見てもテーブルサイズのキッチンスケールだった。

「……ええと。もっと大きい秤がいいのだけど」

「もっと大きな……。失礼ですが、何をお量りになりたいので？」

「私の体重よ」

「は!?」

アトキンス夫人はこぼれんばかりに目を見開き、玄関脇に控えていたフットマンの若者は、なぜかいきなり咳の発作に襲われたようだった。

どうやらこの世界には体重計も、日常的に体重を量る習慣もないようだ。

と、やりとりを聞いていたメリサが口を開いた。

「失礼ですが、お嬢様がお探しなのは、一〇〇ポンド以上の目方を量れる秤ですよね？　でしたら、肉屋か製粉所に行けばあるのでは」

「これ、メリサ！　訊かれてもいないのに何ですか。僭越(せんえつ)ですよ！」

すかさずアトキンス夫人が叱りつけるのを、私は手を上げて押しとどめる。

「いいのよ、アトキンス夫人。メリサ、ありがとう。それは思いつかなかったわ」

確かに。

牛や豚、袋詰めした小麦粉を量る秤なら、人間の体重も量れるはずだ。

……ふむ。

「まさか本当にお出かけになるとは……」

下町に向かう馬車の中。

メリサは、信じられないという顔で首を振った。

「すぐに手配してもらえて助かったわ」

彼女によれば、製粉所は最も近い場所でも王都の郊外にあり、リドリー伯爵家のタウンハウスからはかなり離れているという。

その点、肉屋なら王都のあちこちにある上、メリサの知り合いの伝手(つて)があるというので、早速こうして出てきたわけだ。

馬車はやがて賑(にぎ)やかな市場の一角に停(と)まり、外から御者の声がした。

「申し訳ありません、お嬢様。この先は、馬車は入れないようで」

「お嬢様。本気で行かれるおつもりですか？」

心配そうに聞いてくるメリサに、「もちろんよ」と力強く頷(うなず)いてみせる。

せっかくここまで来たというのに、今さら引き返すなんてもったいない。

「では、こちらをお羽織りください」

差し出されたのは、黒っぽいごわごわした合羽(かっぱ)だった。

「弟のもので恐縮ですが、そのお姿はかなり目立ちますので」

ですよねー……。

自分の服を見下ろして、私は小さくため息をつく。

目の覚めるような黄色の地に、同色の布で作られた造花(コサージュ)が、ごてごてと縫いつけられたデイドレス。

これでも、パトリシアのワードローブの中ではかなり地味なほうなのだ。

男物の合羽をすっぽり着込み、フードを目深におろした私は、メリサの手を借りて馬車の外に降り立った。

「肉屋」というから、何となく、切り分けた肉を店先に並べた小売店を想像していたのだが、連れ

ていかれたのは、天井の高い倉庫のような場所だった。

一面にただよう生の肉と血の匂い。皮をはぎ、腹を開いた牛や豚が天井の鉤からずらりとぶらさがる中、いくつもある大きな台の前で、脂じみた革の前掛けをした男たちが、新鮮な肉を手際よく切り分けている。

「ランドルフ！」

メリサが声を張り上げると、手前の台にかがみこんでいた大男が、ナイフを置いてやってきた。

「おう、メリサか。珍しいな。どうしたんだ、こんなとこで」

「実は……」

メリサがランドルフに耳打ちすると、ランドルフは一瞬目を見開き、あきれた顔をこちらに向けた。

「何だそりゃ。本気か？」

「本気でなければ、わざわざここまでお嬢様をお連れするはずないでしょう。それで？　秤は使わせてもらえるの？」

「まあ、そりゃ別に構わんが……」

ランドルフが、ぐいと奥のほうに顎をしゃくる。

そこにはボクサーが計量に使うような、ただしそれよりかなり大きな天秤式の台秤が鎮座していた。

「これこれ！　こういうのを探してたのよ！」

ふんす！　と意気込んで足を踏み出した途端、ずるっと滑って転びそうになる。

「お気をつけください、お嬢様」

血と脂でぬるぬるする床を、メリサに手を引いてもらいながら歩いていけば、まわりで働く男たちが、何だ何だと寄ってくる。

ランドルフが秤の天秤を水平になるように調節し、私のほうを振り向いた。

「それじゃ、乗っておくんなさい」

前世ではお風呂上りの下着一枚（パンイチ）で体重計に乗ってたけれど、さすがにここでドレスを脱ぐわけにはいかない。

風袋（服の重さ）は、後で一キロくらいマイナスすればいいだろう。

顔を見られるのはまずいと思い、フードを下ろしたままで台に乗る。

当然のように、そこも脂でぎとぎとだった。

「二〇二ポンド七オンス！」

ややあって、ランドルフが目盛りを高らかに読み上げる。

何となく予想はしてたけど――今朝、メリサが「一〇〇ポンド以上の目方を量るなら」って言ってたから――この世界の度量衡はヤードポンド法だった。


……て、いうか。

待って、待って。

前世でジムの常連だったプロボクサーのお兄さん。確か、二〇〇ポンドでジュニアヘビー級の上限ぎりぎりって言ってなかった？

『俺、今ぎりぎり絞って九〇キロ台後半なんすけど、九一キロ行くと二〇一ポンドでヘビー級に上がっちゃうんすよー』

言ってた！　確かにそう言ってた！

てことは、何？　私の今の体重、服の重さを差し引いても九〇キロ以上あるってこと!?

くらり。

ショックのあまり、足元がふらつく。

「「危ない！」」

メリサとランドルフの声がだぶった。

次の瞬間、私は足を滑らせて、派手に尻もちをついていた。

ぶかぶかの合羽の前が割れ、下に着ていた真っ黄色のドレスが露(あら)わになる。

はずみでフードも脱げ落ちて、私は、仰天した人々の前に、ばっちり素顔を晒(さら)していた。

6 残念令嬢、着手する

ぶくぶくぶくぶく……。

帰宅早々、メリサに問答無用で放り込まれたバスタブの中で、私は物思いにふけっていた。

『二〇二ポンド七オンス！』

一ポンドが約〇・四五キログラム。オンスが何グラムだったか忘れたけれど、私の体重は、少なく見積もっても九〇キロは確実にあることが判明した。

そりゃあ、朝からあれだけの量のスイーツをもりもり食ってりゃそうなるわって話だけど。

（駄目だろ――――！！！）

私は思わず拳を握り、天を仰いで全力のツッコミを入れた。

仮にもシェイプアップを謳（うた）ったジムのトレーナーとして、この体重は看過できない。

おまけに、体型（シェイプ）も問題大ありだ。

さっき、脂まみれのドレスを脱いだ時、鏡に映った己の姿を思い出す。

満遍なく脂肪がついた丸い肩。

鎖骨がまったく見えないデコルテ。

大きいだけのバストは、だらしなく横に流れて脇の肉と繋（つな）がっている。

おへそは三段腹の間に埋もれ、たるんだ腹肉が女性用股引（ドロワーズ）のウエストに乗っていた。

どどんと四角いお尻の肉は、なし崩しに太腿（ふともも）へとなだれ落ち、そこから丸太のような脚へ、象のような足首へと続いている。

足元から顔まわりに目を戻せば、栄養不足で痩せた髪には艶がなく、顔の肌は色が悪く荒れ放題。頬の肉は垂れ下がり、そのせいで口角も下がっている。

「お嬢様。タオルをお持ちしました」

衝立（ついたて）の向こうからメリサが現れた。

艶やかなブルネットは美しく結い上げられ、薄く粉をはたいただけの顔には吹き出物などひとつもない。

白鳥のように優美な首筋。すっと伸びた背筋。メイド服の上からでもわかる、メリハリのある体つき。

見た目でいえば、彼女のほうがよほどいいお家のご令嬢だ。

「……決めたわ」

ひとり言のようなつぶやきを、メリサは耳ざとく聞きつけたらしい。

「何を決められたのですか？」

「この体よ」

言いながら、私はざばりとバスタブから立ち上がった。

「この残念な体型を、徹底的に改造するわ！」

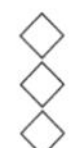

しゅる、と音をたててメリサが巻き尺を巻き取った。

「お嬢様のお背丈は、五フィート四インチでございます」

一フィートが約三〇センチ、一インチが約二・五センチだから、今の私の身長は大体一六〇センチということになる。

「ありがとう。紙とペンを取ってくれる？」

私はそこに、さらさらと計算式を書き出した。

ＢＭＩ＝体重キログラム ÷（身長ｍ）の二乗

ＢＭＩ――ボディ・マス・インデックスは、体重と身長から割り出す体格指数だ。

理想的なＢＭＩ値は二二とされ、二五以上は肥満に分類される。

私の体重を九〇キログラム、身長を一・六ｍとして計算すると、ＢＭＩは三五・一六。

かなりの肥満といえるだろう。

もっとも、ＢＭＩは体脂肪率を考慮しないので、筋肉質で体重が重い人が「肥満」と判定されるケースもあるけれど……。

「メリサ。次はお腹(なか)周りの寸法をお願い」

おへその高さで腹囲を測ってみると、こちらは三九インチ（約九九センチ）。

やはりというか、立派にメタボちゃんである。

私は、どさりと椅子の背にもたれかかった。

（まずは、とにかく体重を減らさないと）

正直ここまで太っていると、そう簡単に体重は落ちないだろう。

急激な減量は身体(からだ)にも悪いし、時間をかけてじっくり取り組むべきだ。

幸い、私には前世で培ったダイエットとトレーニングの知識がある。

（食事内容の見直しと運動。あとは……）

「お嬢様。そろそろお茶の時間ですのでお着替えを」

いつの間にか姿を消していたメリサが、淡いピンクのフリフリドレスを抱えて現れた。

ふんわり膨らんだ袖口に、フリルとレースをふんだんにあしらったティアードスカート。

少女趣味を極めまくった甘々ファッションだ。

私はげんなりとため息をついた。

「そうだった……。こっちも何とかしなきゃ」

パトリシアが好んで着るドレスは、ベビーピンクやカナリアイエロー、ペパーミントグリーンといった、黄味よりの鮮やかな色ばかりだった。

だが、青みがかった肌色（ブルーベース）の彼女に黄味がかった色合い（イエローベース）は似合わない。

ただでさえ不健康な肌色がさらに老けて見え、シミやシワが目立ってしまうのだ。

「同じピンクでも、もっとはっきりした色のほうが似合うはずなのよねえ……。それか、いっそ濃いめのブルーとか」

例によって耳ざとく私のつぶやきを拾ったメリサが、何かを思い出すような顔になった。

「少々お待ちいただけますか？」

そう言って部屋を出ていったかと思うと、しばらくしてから、さっきとは別のドレスを持ってくる。

「こちらのお召し物はいかがでしょう」

「あら、いいじゃない！」

ひと目見るなり、私は歓声を上げた。

それは落ち着いたダークネイビーのデイドレスだった。ウエストの切替えが高めのマーメイドラインは、突き出たお腹が目立ちにくい。デコルテから袖にかけては同色のレースになっていて、適度に肌が見えるのも抜け感があっていい感じだ。

何より余分な飾りが一切なくて、歳相応（としそうおう）に落ち着いて見えるのがとてもいい。

「今日はこれを着ることにするわ」

メリサに着替えを手伝ってもらい、上機嫌で居間（ラウンジ）に下りていく。

そこにはお茶の支度がすでに整っており、今朝お願いしたとおり、ジョーンズ夫人の美しいケーキが一口大に切り分けられてお皿に載っていた。

お茶といっても、他に誰がいるわけでもない。

パトリシアの母親はすでに亡く、父のリドリー伯爵は王宮で仕事。二人の兄たちはそれぞれ結婚して別の場所に住んでいるから、今この室内にいるのは私とメリサ、そして壁際に控えた執事のピアースだけだった。

「んーっ！　ジョーンズ夫人のケーキ、最っ高に美味（おい）しい！」

これはもはや芸術といっていいのでは。

嬉々（きき）としてケーキに舌鼓を打つ私は気づいていなかった。

居間にやってきた私を見たピアースが、一瞬、ぴくりと眉を動かしたことを。

「おや。あのドレスは確か……」

そう、小さくつぶやいたことを。
〈パトリシア〉の小さな変化が、少しずつ周囲に影響を及ぼしつつあることを。

幕間   残念令嬢の噂話

王都、リドリー伯爵のタウンハウス。
半地下の厨房の隣には、使用人たちが食事や休憩をとる部屋がある。
今は夕刻。階上に住む主人たちのお茶が済んだ後、使用人たちもまた、ここでひとときの休息を楽しんでいた。

かつて大勢の使用人で溢れかえっていたこの屋敷も、リドリー伯爵夫人が亡くなり、二人の息子がそれぞれ独立して家を出た今は、めっきり人が減っていた。

外務大臣を務めるリドリー卿は、議会が開催されるシーズン中は王宮に泊まり込むことも多く、週の半分は家を空けている。

たまに帰ってきたときも、ほとんどの時間を執務室で過ごし、またすぐ王宮に戻っていくという有様で、屋敷に常時住んでいるのは、一人娘のパトリシアだけだった。

「ねえねえ、それで、どうだった？　お嬢様にお仕えしてみた感想は」

メリサが席につくやいなや、キッチンメイドのエイミーが、待ちかねたように訊いてきた。

その勢いに、メリサは美しい眉を少しひそめる。

「そうですね。少々変わったところはおありですが、非常に聡明な方という印象を受けました」

室内にいた全員が、何ともいえない顔になる。

ややあって、エイミーが「きゃはっ！」と甲高い笑い声をあげた。

「やぁだ、ここで建前を言う必要はないのよ。あたしたちみんな、あのお嬢様のことならよぉく知ってるんだから！」

「…………」

見れば、テーブルについた使用人のほとんどが、賛同するように頷いている。

「確かに、普通のご令嬢方と比べれば、奇矯なお振る舞いも見受けられますが……」

「『奇矯なお振る舞い』！　そういう言い方もできるか。なるほどなあ」

馬鹿にしたように鼻を鳴らすのは、フットマンのジョフである。

「今日なんて何を思ったか、ご自分の目方を量りに精肉場に行ったんだぜ」

「えー、何それ。聞きたい、聞きたい！」

騒ぎ立てるエイミーの横で、パーラーメイドのシャーロットが、メリサに心配そうな顔を向けた。

「ねえ。お嬢様に何かひどいことを言われたりされたりしたら、一人で抱え込まないで、すぐ私たちに教えてちょうだいね。お嬢様はあんなふうだけど、ここはしっかりしたお屋敷よ。旦那様は話のわからない方じゃないし、アトキンス夫人も、ピアースさんも、ちゃんと相談に乗ってくれるから」

「……はあ」

メリサは首を傾げつつも、曖昧に笑って頷いておいた。

何と言っても、彼女は今朝この屋敷に来たばかりなのだ。

そこへ、ハウスキーパーのアトキンス夫人と執事のピアースが連れ立って入ってきた。

使用人たちはガタガタと椅子を鳴らして立ち上がり、それぞれの上司に頭を下げる。

「皆さん、お待たせしましたね。それではお茶をいただきましょう」

ピアースの言葉を合図に、コックのジョーンズ夫人がケーキの載ったワゴンを押してやってきた。

それを見たとたん、主に女性の使用人たちから歓声が上がる。

「わあ、今日はどうしたの？　これってお嬢様用のお菓子でしょう？」

「お嬢様のお下がりだよ。皆、ありがたく頂戴しな」

「え、お下がりって、こんなに？」

「お嬢様、お腹でも壊されたのかしら」

ジョーンズ夫人の言葉を不思議がりつつも、使用人たちは慣れた様子で、ある者は大きなポットからお茶を注いで回り、ある者は手際よくケーキを切り分けて配膳する。

すぐに室内は食器の触れ合う音や、おしゃべりの声に満たされた。

そんな中、執事のピアースが、影のようにメリサの横に立つ。

「ミス・メリサ。ちょっとよろしいですか」

「はい」

そっと席を立ってついていくと、執事は無人の食堂にメリサを伴い、背後で静かに扉を閉めた。

「お嬢様を肉屋にお連れしたというのは本当ですか」

「はい。正確には、カルヴィーノ商会の精肉場ですが」

「ふむ？」

「知り合いが勤めておりますもので」

ピアースは頷いた。

「アトキンス夫人の話によれば、お嬢様はご自身の目方を知りたがっておられたとか」

「はい」

「一体なぜ、そのようなことをお望みに？」

「お嬢様がおっしゃるには、ご自身のお体を改造されるおつもりだとか」

「改造？」

「そのために、開始時の数値が必要なのだとおっしゃっていました」

「…………」

ピアースは眉間に皺を寄せ、考えを巡らすように黙っていたが、やがてまったく違うことを訊いてきた。

「ところで、先ほどお嬢様がお召しになっていたデイドレスですが、あれはどこで？」

「衣装部屋の奥の箪笥で見つけました。サイズからして、お嬢様のものに間違いないと思ったのでお出ししたのですが……何か、まずかったでしょうか？」

「いいえ。ああしてお召しになっている以上、まずいことはないのでしょうが……。あれを見たとき、お嬢様は何かおっしゃっていましたか？」

メリサはドレスを出したときの、パトリシアの反応を思い出した。

「『あら、いいじゃない！　今日はこれを着ることにするわ』と」

「それだけですか？」

「それだけです」

「ふうむ……」

ますます難しい顔をするピアースを前に、メリサは無言で控えていた。

やがて顔を上げたピアースが、その様子を見て目を細める。

「さすが、名のあるお屋敷から推薦されただけありますね。余計なことを一切詮索しない、その態度には好感が持てます」

「恐れ入ります」

「ですが」

ピアースは一転して厳しい顔になった。

「我々に何の断りもなく、お嬢様をあのような場所に連れ出した点はいただけません。今後はこのようなことのないよう、くれぐれもお願いしますよ？」

メリサは目を伏せ、頭を下げた。

「承知しました。心得ておきます」

そのころ、厨房の隣の休憩室では、フットマンのジョフがメイドたちを相手に、精肉場で見聞きした出来事を、面白おかしく話していた——。

7 残念令嬢と真夜中の誘惑

蠟燭の灯を頼りに、寝間着姿でひたひたと無人の厨房に下りていく。

火を落とした厨房のわずかなぬくもり。調理台には、ナプキンをかけたバスケットがひとつ。

中にはジャムを巻き込んで焼いたペストリーやクッキー、ホットチョコレートの入ったポットが入っている。

暗がりの中、調理台の脇に立ったまま、〈私〉はそれらを夢中で貪る。

——そのとき。

『情けない。ご覧なさい、今のご自分のお姿を！』

声と同時に覆いを取られたランプの光が〈私〉を容赦なく照らし出した。

ぐいと突き付けられた手鏡に映る〈私〉は、浮腫んだ顔に寝乱れた髪。口の周りにはジャムやお菓子の食べかすがこびりつき、その顔は、まるで……。

『いやだわ、まるで豚鬼のよう。このような有様では、貴女など到底……』

「やめて！」

自分の悲鳴で目が覚めた。

息が荒い。頬が濡れている。

（夢……）

私は、ため息をついて起き上がった。

寝室の中はまだ暗い。

それもそのはず、暖炉の上の置時計は、夜中の二時になったばかりだ。

（ゆうべは早めに寝ちゃったから）

ジョーンズ夫人のケーキと紅茶でお茶にしたのが午後五時前。

社交シーズンの今は、誰もが夜に開催される舞踏会やオペラ、晩餐会などに繰り出すが、私は
目下、父の命令でその手の集まりは自粛中だ。

となると、夜は大してすることもなく、少しでもカロリーを消費しようと軽めのストレッチをした後、ベッドに入ったのが午後九時を回ったころだった。

（さすがに起きるには早すぎるか……）

寝直そうと横になった途端、ふいに激しい空腹感が襲ってきた。

空っぽの胃袋が、抗議するように大きな音を立てる。

同時に、脳裏にまざまざと浮かぶイメージ。

蠟燭に火を灯し、寝間着姿でひたひたと無人の厨房に下りていく。

火を落とした厨房のわずかなぬくもり。調理台に置かれたバスケット……。

――夜食症候群。

ジムの研修で習った言葉を思い出す。

日々のストレスを食欲で発散していたパトリシアは、間食や夜食が習慣化していた。

お茶の時間にスイーツをどか食いした結果、夕食はほとんど食べられず、夜中に空腹で起きてしまう。

そんなパトリシアのために、厨房には常に夜食が用意されていた。

結果、一日の摂取カロリーの半分近くを夜中に摂(と)ってしまい、朝は胃もたれ、夕方以降に気分が落ち込み、それを紛らすためにお茶の時間にスイーツをどか食いする、という負のループができあがる。

「話には聞いてたけど、これは……キツいわ……」

私は歯を食いしばった。

パトリシアの記憶が、ひっきりなしに「食べたい」「食べたい」と叫んでいる。

食べなければ眠れない。お願い、何か食べさせて、と。

でも、ここで食べたら悪循環は止められない。

「くっ……」

私はベッドの上で身体(からだ)を伸ばし、目を閉じてゆっくりと深呼吸した。

四秒かけて鼻から吸い、四秒止めて、八秒かけて口から吐く。

呼吸につれてお腹(なか)が膨らんだりへこんだりする、その感覚だけに集中して。

思い出したように襲ってくる空腹感は空腹感として受け入れ、ひたすら深呼吸を繰り返す。

無理に眠らなくていい。

目を閉じて、こうして横になっているだけで、身体はちゃんと休息している。

夢の中で泣いていたパトリシア。

オークなんて言われて悲しかったね。

待ってなさい。

私が、きっとあなたをとびきりのお姫様(プリンセス)にしてあげるから……。

午前七時。
紅茶を載せた盆を手に、寝室に入ってきたメリサは、私の姿をひと目見るなり、切れ長の目を見開いた。
「お嬢様？　失礼ですが、一体何をされているのですか」
「おはよう、メリサ。これはね……はあはあ……プランクって言って……体幹(コア)トレーニングの一種なんだけど……くぅっ！」

どべっ。

情けない音を立てて、私はつぶれたカエルのように床に這いつくばった。

プランクは、うつ伏せの姿勢から前腕・肘・爪先を地面につき、腰を浮かせて背筋をまっすぐ伸ばした状態を一定時間キープするエクササイズだ。

筋力のない初心者でもやりやすく、腰への負担も少ないため、安全かつ効果的に胴体を引き締められる。

前世の私は一セット一分なんて当たり前、ジムでやっていたプランクチャレンジでは毎年優勝するくらいの得意種目だったけど、重量があるのに筋力ゼロのパトリシアの身体では、一セット二〇秒が精一杯。

仕方がないので、一セットごとに一〇秒のインターバルをはさんで三セット、その後、椅子に座ったままで足踏み一〇〇回、スロースクワット一〇回の三種目を三周ほどこなしたところだった。

おかげで全身汗びっしょり。磨き上げた木の床にも点々と水たまりができている。

メリサは無表情のまま、紅茶のトレイをベッドに下ろした。

「……お済みのようでしたら、朝食前に湯浴みをされますか？」

「ええ、お願い」

湯上りの鏡に映る私の顔は、心なしか昨日より浮腫みがとれて、頬のあたりが少しすっきりしたようだった。

背後では、メリサが目の細かい櫛で洗い髪を梳いてくれている。

貴族令嬢の常で、腰まで届く長髪だけど、梳くたびに肩のあたりでギシッと櫛が引っ掛かるのは、その先が傷んでいるせいだ。

……ふむ。

「メリサ。ちょっとそこで櫛を止めておいてくれる？」

そう言うと、私はドレッサーに置いてあった鋏（はさみ）で、櫛から先をサクッと切り落とした。

「っ！　な、何を……！」

メリサがさすがに動揺した声を上げる。

「何って、傷んだ部分を切っただけよ。後で、全体をこの長さに切り揃（そろ）えてくれる？」

「ですが、その長さでは巻き髪にしたとき恰好（かっこう）がつきませんが」

「巻き髪なんてしなくていいわ。ハーフアップかひっつめで十分」

パトリシアは大きな顔を少しでも隠そうと、くるくるに巻いた髪をサイドに大量に垂らしていたが、正直、そのほうが頭でっかちに見えてしまうのだ。

「大丈夫よ。髪なんて放っておいても伸びるものだし、今シーズンは夜会も晩餐会も出なくていいんだし」

「ですが、どなたかが訪ねておいでになるかも……」

「あはは。リドリー伯爵家のお荷物令嬢を、わざわざ訪ねてくる物好きなんていると思う？」

なおも渋るメリサを説得し、結局私の髪型は肩先までのぱっつんボブに落ち着いた。

8 残念令嬢、脅される

「今朝のコールドチキンは、オレンジソースにしてくれたのね。相変わらずお肉が柔らかくて絶品だった。それに、あのゆで卵のマヨネーズソースがけ！　シンプルだけど、奥が深いお料理よね。ソースの隠し味はパプリカかしら？　とっても味わい深かったわ！」

今日も今日とて、ジョーンズ夫人の料理は最高に美味しい。しかも、コールドチキンにゆで卵の組み合わせには、筋肉を作るのに欠かせないタンパク質がたっぷりだ。

「つけあわせの人参の千切りサラダは、クランベリーの甘酸っぱさとナッツの歯ごたえが最高ね。お野菜なのに、デザートみたいに食べられて大満足よ」

「……そのつもりで作ったので」

タウンハウスの瀟洒なダイニングで、食卓の脇に控えたジョーンズ夫人が誇らしそうに胸を張る。

「ありがとう！　今朝もどれも美味しかったわ。それで、もし面倒でなければ、いくつかお願いがあるのだけど……」

シェイプアップに欠かせない運動と食事制限だが、どちらがより効果的かといえば、圧倒的に食事制限だ。

制限といっても、やみくもに量を減らせばいいというものではない。

パトリシアの場合、まずは基本的な栄養素がきちんと摂れる身体作りから始めよう。

そう決心した私は、早速ジョーンズ夫人にお願いすることにした。

「今後、私の食事のメニューは、お肉やお魚を中心に、野菜を多めにしてもらえる？　それとお茶の時間だけど、スイーツではなく、普通の食事を出してほしいの」

社交シーズンの夕食は遅い。オペラや観劇が済んだ後、夜の九時や一〇時にずれこむこともしょっちゅうだ。

しかも、我が家のように裕福な貴族の場合、夕食は前菜やスープに始まり、種々様々な魚料理に肉料理、何種類ものスイーツや果物が供されるコース料理がほとんどだった。

そんなのを夜遅く食べていては、胃腸には負担がかかるし、脂肪は蓄積されるし、お肌に悪いしでいいことなしだ。

というわけで、私のプランは、午後五時のお茶を夕食代わりにしてしまおう、というものだった。

「では、お夕食の時間はどうなさるので？」

ジョーンズ夫人の疑問に対する答えも、私はすでに考え済みだ。

「ホットミルクをいただくわ」

一般的に、食べた物が消化され、胃の中が空になるまでに、大体三～五時間かかると言われている。

午後五時に夕食をがっつり食べたとしても、貴族の夕食時である夜の九時から一〇時には胃の中が空になる計算だ。

前世の私なら、そのまま寝るまで何も食べなくても平気だが、パトリシアの肉体は夜中に空腹で起きてしまう。

なので、適度に空腹を紛らしつつ、身体も温まるホットミルクを飲んでからストレッチをして就寝、というルーティンにするつもりだった。

その後も、昼食をはさんでジョーンズ夫人との打ち合わせは続いた。

パンは白パンではなく、全粒粉のものがいいこと。

砂糖をふんだんに使うスイーツは、パーティや来客がある時だけにして、その他の日は旬の新鮮な果物を一日に一度だけ出してほしいこと……。

ようやく一段落ついたころ、ピアースが食堂に現れた。

「失礼いたします。お嬢様にお客様がお見えです」

「お客様？」

私は思わずメリサと顔を見合わせた。

――あはは。リドリー伯爵家のお荷物令嬢を、わざわざ訪ねてくる物好きなんているると思う？

いたよ！　あのセリフ、しっかりフラグになってたよ！

はずだ。

パトリシアの記憶によれば、彼女には、互いの家を訪問し合うような親しい友人などいなかった
誰だろう。

私は首をひねる。

（とはいえ……）


「ダリオ・カルヴィーノ男爵と名乗っております」

「ダリオ・カルヴィーノ男爵？」

その名前にも覚えがない。

だが、メリサははっとしたように顔を上げた。

「もしや、カルヴィーノ商会の……」

「例の精肉場の持ち主ですか」

ピアースが苦々しい顔になる。

どうやら、私が秤（はかり）を借りたお肉屋さんの関係者らしい。

「どんな用事か言っていた？」

「いいえ。何を訊（き）いても、お嬢様に会って直接話したいの一点張りで」

何だろうと首をひねったものの、会ったこともない相手では見当もつかない。

「いいわ。客間（サロン）にお通しして」

「お嬢様！」

「その代わり、ピアースとメリサは一緒にいて。それなら、万が一何かあっても大丈夫でしょう?」

メリサに手伝ってもらって着替えを済ませ——昨日と同じダークネイビーのデイドレスに、肩先で切り揃えた金髪をハーフアップにしただけのシンプルな装いで客間に行った。

◇◇◇

「これはこれは。お初にお目にかかります。ダリオ・カルヴィーノと申します」

寛いだ様子でソファに掛けていた人物が、すっと立ち上がって一礼した。

歳のころは三十前後だろうか。短く刈り込んだ銀髪に、浅黒く整った細面。物腰は低く、目つきは鋭く、どことなく危険な匂いのする男だ。


……そして、やっぱり、どこをどう見ても知らない人だった。


私はとまどいながらも、彼の正面に腰かける。

「はじめまして。パトリシア・リドリーです。私に何の御用でしょう?」

「まずは、こちらをご覧ください」

ダリオが、私のほうにB6サイズくらいの紙を滑らせて寄越した。

(……ん?)

この展開、前にも見たことがあるような。

案の定、それは王都で発行されたゴシップ紙だった。

質の悪い紙の上半分には、ドレス姿の巨大な豚が、ばらばらになった台秤の上で尻餅をついている銅版画が刷られ、その下に、

『外務大臣のご令嬢、目方は二一〇ポンド！』


という見出しが躍っている。

「失礼ね！　正確には二〇二ポンド七オンスよ。八ポンドも多く書くなんて」

キログラムに換算すれば、四キロ近くも重いことになる。

「いや、怒るのはそこなのか？」

ダリオが思わずという感じで突っ込みを入れてきた。

一方、私の肩越しに記事を読んでいたピアースは、みるみる険しい顔になる。

「カルヴィーノ様。失礼ですが、このようなものをどこで？」

「日付をよくごらんなさい。そいつは明日売られる予定のものだ」

私たち――私とピアース、メリサは顔を見合わせた。

「明日にならなければ出ないはずの新聞を、なぜあなたがお持ちなのですか？」

ダリオはにやりと歯を見せて笑った。

「実はその新聞には、うちの商会が出資してましてね。毎回こうして見本が回ってくるんです」

「お嬢様を……リドリー伯爵家を脅迫なさるおつもりですか」

確かにこんな記事が出回っては、私の評判……は落ちるところまで落ちているからいいとして、外務大臣のお父様は、またしても恥をかくことになるだろう。

だがダリオは、

「いやいや、まさか。めっそうもない！」

と大げさに両手を振ってみせた。

「ご心配なく。こいつは出荷前に全部差し止めました。世間に出回ることは一切ないと、家名にかけて約束します」

「本当にそうならいいのですが」

ピアースはちっとも信じていないそうだ。

私は、改めてダリオに向き直った。

「脅迫でないなら、何が目的でおいでになったのかしら？」

「なに、ちょっとした取引だ」

不意にがらりと口調を変えて、ダリオが私のほうに身を乗り出した。

「この肌の色でわかるとおり、俺はこの国じゃ余所者（よそもの）でね。せっかくいい品を仕入れても、買っていくのは平民ばかり。お貴族様は見向きもしない。だがこの王都で手広く商売したきゃ、貴族の後ろ盾は欠かせない。そこへ今回のこのネタだ。うまくいきゃあんたに食い込めるんじゃないかと、こうして出張ってきたわけさ」

「貴様！　やはり脅迫、いや恐喝ではないか！」

ピアースが今にも割って入ろうとするのを、私は「待って」と押しとどめた。

「つまり、私からお父様に口を利いて、あなたからお肉を買うようにしてほしいということ？」

外務大臣御用達（ごようたし）ともなれば、彼の商売にも箔（はく）がつく。そういうことだろうか。

けれどダリオは「いや」と首を横に振った。

「いくつか誤解があるようだから、先に説明させてくれ。まず、うちは肉屋じゃない。もちろん肉も卸しているが、他にもいろんな品を扱っている。主に、海の向こうから船で仕入れた商品だ」

「なるほど、総合商社的な」

「ああ？　何だって？」

「あ、ええと。つまり、貿易商でいらっしゃるのね？」

言い直した私に、ダリオは「そうだ」と頷（うなず）いてみせる。

「それと、俺が取引したいのはあんたのほうだ。父親じゃない」

「へ？　何で？」

驚きのあまり、つい素で聞き返してしまった。

自分で言うのも何だけど、私なんかと取引しても、メリットなんて何もない。高位貴族の友達がいるわけでもないし、社交界はもちろん、家族の評価さえどん底だ。

けれどダリオはにやりと笑い、

「あんたが素っ頓狂な真似をするからさ」

と言った。

「肉屋の秤で自分の目方を量るとか、正直、最初は正気を疑ったぜ。男にこっぴどく振られたせいで、おかしくなったんじゃないかってな。だがこうして面と向かってみると、普通に話が通じるじゃねえか。そういうやつは、時として、莫大な儲けを生み出すことがある。だから、誰も手をつけてない今のうちに、俺がツバつけとこうって寸法さ」

「無礼者！　帰れ。この屋敷から出ていけ！」

激昂したピアースの声に被せるように、私は「いいわ」と頷いた。

ふと閃いたアイディアが、頭の中で少しずつ形になっていく。

「お、お嬢様!?」

「具体的には、どうしてほしいの？」

メリサの声も無視して問いかける私に、ダリオは「そうさな」と顎を撫でる。

「お近づきの印に、カルヴィーノ商会から何か買ってくれるとありがたい。そのおまけとして、今回引き上げた新聞を全部そちらに届けよう」

「それなら……」

買いたいものはすでに決まっている。

「この前あなたのところでお借りした秤。あれと同じものはあるかしら？」

⑨ 残念令嬢、再び計量する

「うわっ。私の身体(からだ)、ヤバすぎ……？」

私は、思わず自分の口を押さえてつぶやいた。

前世のジムの体力テストを、一通りやってみたところだ。

——たとえば、目を閉じた状態での片足立ち。


健康な人なら、中高年でも一〇秒以上は立っていられるはずなのに、今の私は三秒ともたずにふらついて足をついてしまう。

極端な運動不足で、筋力はおろか、脳のバランス機能まで衰えている証拠である。

放っておけば、肉体年齢も脳年齢もどんどん老いていってしまう。

実際、過去のパトリシアは、自分にとって都合の悪い記憶が曖昧だったり、周りが見えていなかったり、すぐに感情的になったりと、脳の機能が落ち始めた老人のような振る舞いが多々あった。


いやいやいやいやいや。

駄目でしょ、これは。

せっかく前世のアラフォーボディから、二十二歳のぴちぴちボディに生まれ変わったのに、早々とボケるなんて冗談じゃない！

「てなわけで……」

まずはカーフレイズである。

カーフレイズはいわゆる踵上げ(かかとあ)げ。両脚を肩幅に開いて立ち、両足の踵を上げ下げすることで、ふくらはぎ(カーフ)の血行を促し、筋肉を引き締める効果がある。

運動経験のない初心者でも、気軽にできるお勧め種目だ。

さらにこの種目のいいところは、足裏のトレーニングにもなることだ。

安定して地面を踏める足の裏は、すべての動作の基本である。

「そうそう、足裏といえばもうひとつ。足指のエクササイズもはずせないわね」

椅子に座り、床に広げたタオルを足指を使って引き寄せるタオルギャザー。

両足の指でグー、チョキ、パーを作る両足じゃんけん。

どちらも手軽にできるのに、続けていけば絶大な効果が見込める種目である。

本音を言えば、もっと本格的なエクササイズもやりたいとこだけど……。

「ロリータ服じゃ、腕立ても腹筋もできないもんねえ……」

私は「はあ」とため息をついた。

そうなのだ。パトリシアの持っている服は——例のネイビーのドレス以外——どれもロリロリふわふわで、運動向きとは到底言えなかった。

仕方がないので、今はリネンの肌着（シュミーズ）に、やはりリネンの婦人用股引（ドロワーズ）でトレーニングをしているけれど、身幅にほとんどゆとりがない上、生地がまったく伸びないので、これまたひどく動きにくい。

「せめて、もうちょっと伸縮性があればねえ……」

何度目かのため息をついた時、ノックとともにメリサが現れた。

「お嬢様。お出かけになるのでしたら、そろそろお支度なさいませんと」

「あらやだ。もうそんな時間？」

ダリオの突然の訪問から二週間。

前回借りたのと同じ秤（はかり）が欲しい、という私の注文に、ダリオは、

「あれは取り寄せ品だからな。発注して届いたら連絡する」

と言い残して帰っていった。

その連絡があったのが昨日の夕方。

何でも、試しにいろいろ取り寄せたので、直接見に来てほしいという。

「まったく、これだから余所者（よそもの）は！　たかが商人の分際で、お嬢様を呼びつけるなど、礼儀知らずにもほどがある。本来ならば、向こうから品物を持って出向くべきでしょうに」

と、ピアースはぷりぷり怒っていたけど、私は別に気にしない。

むしろ、久しぶりに出かける用事ができて大満足だ。

「ですが、旦那様はお嬢様に屋敷を出てはならないと……」

「あら、夜会や茶会は控えるようにと言われたけれど、外出までは禁じられてなかったはずよ？」

「…………」

というわけで、湯浴(ゆあ)みして身支度を整えた私は、再び馬車に揺られていた。

今日の装いも、例によってあのネイビーのデイドレスだ。

「たまには他の服もお召しになっては……」

アトキンス夫人などは渋い顔をするけれど、デザインも着心地も、これに勝る服がないのだから仕方ない。

◇◇◇

教えられたダリオの店は、王都を貫いて流れるリブリア河畔、レンガ造りの倉庫が立ち並ぶ場末の一画にあった。

というか、正確には、倉庫のひとつが店だった。

河から荷揚げした雑多な品々を、倉庫の中で直接販売するスタイルだ。

売られているのは、いつぞやダリオが言ったとおり、肉や小麦のような食料品から、布地に衣類、はては大型の家具や骨董品(こっとうひん)まで。

それらが袋や樽(たる)や頑丈そうな木箱に入ったまま、無造作に並んでいる様子は、どことなく前世のコ○トコやハナ○サを彷彿(ほうふつ)とさせて面白い。

ほとんどの客が、食品なら食品だけ、衣類なら衣類だけというふうに、箱単位でまとめて買っていた。

どうやらカルヴィーノ商会は、卸売りが専門のようだ。

「悪かったな。こんな所まで呼び出して」

客の間から現れたダリオは、今日は生成りのシャツに革のベスト、細身のズボンに編み上げブーツというラフな装いだった。

「昨日船が着いたばかりで、このとおり、手が離せなくてな」

「かまわないわ。目先が変わって楽しいし」

私の言葉に、ダリオがふっと目元を緩める。

「は。やっぱり変な嬢ちゃんだ。……ようこそ、カルヴィーノ商会へ。ご注文の商品はこちらです」

芝居がかったお辞儀とともに、エスコートの腕が差し出される。

連れていかれたのは、ロフトのように突き出した倉庫二階のオフィスだった。

応接セットが壁際に寄せられ、中央の空いたスペースに、形もサイズも様々な台秤がずらりと並んでいる。

「一番でかいのが一〇〇〇ポンドまで量れる秤。こっちは五〇〇ポンドまでで、これは三〇〇ポンドまでだ」

一〇〇〇ポンドが約四五〇キログラムとすると、五〇〇ポンドで二二五キログラム。三〇〇ポンドあれば、一三五キログラムくらいまで量れることになる。

私の体重は大体二〇二ポンドだから、それだけあれば十分だ。

「何なら、ここで試しに量ってみるか？」

にやにやしながらダリオが言った。

そういえば、前回の計量からちょうど二週間経っていた。見た目はさして変化がないが、果たして体重はどうだろう。

「そうね。使い方も覚えて帰りたいし」

私はさっさと靴を脱ぐと、体重計――じゃない、台秤に乗った。

「量ってくださる？」

「……まさか本当にやるとは思わなかった」

ダリオは毒気を抜かれたようにつぶやくと、秤の傍に膝をついた。

「まずこのつまみを動かして、大まかな重さに合わせる。五ポンド刻みで目盛りがついているだろう。嬢ちゃんの場合は二〇〇ポンドだな。その後、こっちのつまみを動かして、この針が水平になったところで止める。嬢ちゃんの今日の目方は……ほう、一九三ポンド三オンスだ」

（よし、減ってる！）

私は胸の中でひそかにガッツポーズをした。

減った体重は約九ポンド。大体四キロだ。

二週間で四キロ減は、標準体型なら減らし過ぎだが、九〇キロオーバーの私には十分許容範囲だった。

実のところ、食事制限初期に減った分の体重は、ほとんどが水分なのだ。

「こちらの秤をいただくわ」

「毎度あり。今日のうちにお屋敷に届くように手配しよう」

「例の新聞もお忘れなく」

片隅に控えていたメリサが、油断なくそう付け加える。

「もちろんですとも。それでは、淑女（レディ）がた。今後ともどうぞご贔屓（ひいき）に」

ダリオがうやうやしく一礼し、オフィスのドアを開けたとき。

階下のフロアで、誰かの野太い怒鳴り声が響き渡った。

10 残念令嬢と縦ロール

念願だった体重計、もとい台秤をゲットした私が、ほくほくしながら帰路に就こうとした矢先。

階下のフロアが、にわかに騒々しくなった。

人々の悲鳴。入り乱れる足音。立て続けに何かが倒れる音。

「ええい、おどき！　今からこのスットコドッコイを、ぎったんぎったんに切り刻んでやるんだから！」

喧噪をついて、ドスのきいたオネエ言葉が響き渡る。

「ちょ、落ち着いてください、カミーユさん！」

「シャ――ッ！　邪魔するならアンタも裁断するわよっ！」

「ひいっ！」

「……すまん。どうやら俺の出番のようだ」

オフィスのドアまで私を送ってきたダリオが、うんざり顔でため息をついた。

「気にしないで。どうせ私たちも帰るところだし」

ロフトのように突き出した二階の通路から見下ろせば、人や物でごった返す倉庫の中に、そこだけぽかりと空いた場所があった。

色も形も様々な布地が散乱する中で、崩れ落ちた古着の山に、うつぶせに倒れた誰かの顔をぎゅうぎゅう押しつけているのは――……。

「カミーユ！　そこまでだ」

ダリオの声に振り向いたのは、ピンクブロンドのゴージャスな縦ロールに、ショッキングピンクのドレスをまとったマッチョな髭面(ひげづら)男性だった。

縦ロールの髭マッチョの名前はカミーユ。

古着の山で窒息寸前だったところを助け出された男は、王都で仕立て屋を営むバスケスと名乗った。

「……って、バスケス？　〈メゾン・ド・リュバン(リボンの家)〉の？」

「何だ、嬢ちゃんの知り合いか？」

「知り合いっていうか……」

パトリシアお気に入りのブティックのオーナーだ。

例のロリふわドレスも靴も、すべて彼の店で仕立てたものである。

「毎度ご贔屓(ひいき)にあずかりまして……」

先ほどの騒ぎで大分ヨレヨレになりつつも、バスケスは丁寧に頭を下げた。

再びダリオのオフィスにて。

大の男が四人がかりでも押さえきれなかったカミーユは、ダリオの、

「それ以上やるなら、うちの店を出禁にするぞ」

という一言でぴたりと抵抗をやめ、おとなしくここに連行された。

応接セットにダリオとバスケス、そして何となく帰りそびれた私が座り、背後にメリサが控えている。

騒ぎの張本人であるカミーユは、今はしょんぼりと膝を抱えて床に座っていたが、どういうわけか、さっきから、やけに私のほうばかりちらちら見ているようだった。

「で？　何だって俺の店先で、あんな騒ぎを起こしてくれたんだ？」

ダリオの問いに、カミーユは「聞いてよ。ひどい話なのよ！」と目を怒らせた。

「アタシ、こいつに二度も嵌（は）められたの！」

カミーユは、数年前までバスケスの店で働いていた。
十五の時にお針子としてバスケスに雇われたカミーユは、もともと才能があったのだろう、またたくまに店内一の裁断師（クチユリエ）として頭角を現した。
彼が手がけたドレスの数々は、高位貴族はもちろん、王族の女性の間でも引っ張りだこの人気になる。

けれどバスケスはカミーユを決して表に出さず、彼の作ったドレスはすべて自分の作品として発表した。

そればかりか、デザインから縫製まですべてを手掛けるカミーユに対し、末端のお針子レベルの賃金しか支払わずに何年もこき使っていたのだ。

「あのころはアタシも世間知らずでねえ。てっきり、そんなもんだとばかり思ってたんだけど……」

やがて自らの不当な扱いを知ったカミーユは、バスケスに正規の賃金を要求した。ところが、バスケスは待遇を改善するどころか、カミーユが店の金を横領したとして、店をクビにしてしまったのだ。

しかも、王都の主だったブティックに横領の噂を流したせいで、カミーユはどこにも雇ってもらえなくなった。

「で、仕方なく、しばらくは割のいい傭兵稼業をやりながら、再出発の機会を狙ってたんだけど……」

ようやくまとまった資金が貯まり、王都のはずれで細々と平民相手の店を始めたカミーユに、大きなチャンスがやってくる。

「去年の秋のことだったわ。傭兵時代の仲間の伝手で、ブルクナー騎士団長のお嬢様の服を仕立ててみないかって話がきたの」

ブルクナー騎士団長といえば、厳しくも公正な人柄と数々の武勲で、ご存命だった頃の女王陛下を始め、摂政殿下の覚えもめでたい重臣だ。

注文内容は、騎士団長の末娘、シルヴィア嬢のデイドレス。

これを気に入ってもらえれば、今度こそ自分の名前で貴族たちから注文を取れるかもしれない。

勇み立ったカミーユは、最上等の布地を何色も仕入れ、何パターンものレースやリボン、美しいボタンを用意して、ブルクナー家の領地に向かった。

その年の社交シーズンはすでに終わり、一家は王都から領地の荘園屋敷(マナーハウス)に移っていたからだ。

「お嬢様のお部屋はこちらです」

カミーユが採寸に訪れたその日、ブルクナー邸は大勢の来客で賑(にぎ)わっていた。

何でも、騎士団長と親しい伯爵の一家が泊まりがけで遊びに来ているそうで、屋敷の廊下は主家と来客の使用人でごった返している。

そんな中、私室で待っていたブルクナー家の令嬢は、カミーユを見るなり思い切り顔を顰(しか)めた。

「お前は誰？　どうしていつもの子じゃないの」

「カミーユと申します。このたび、初めてご注文をいただきました」

「聞いてないわ、そんなこと。お前、〈メゾン・ド・リュバン〉の者じゃないの？」

〈メゾン・ド・リュバン〉。

それは憎き(にっくき)バスケスのブティックだ。

反射的に「違います」と言いかけたカミーユは、だが、すんでのところで思いとどまった。

目の前の令嬢は、どうやらバスケスの店がお気に入りのようだ。違うと言えば、注文がふいになるかもしれない。

「……な、長年、〈リュバン〉で腕を磨いてまいりました……」

これなら嘘をついたことにはならない。

そう自分に言い訳しながら、カミーユはまだ不満そうな令嬢の採寸に取り掛かった。

(バスケスなんか……アイツなんか、足元にも及ばないドレスを作ってやる)

——彼女の肌が最高に映える色合いで。

——彼女が最も美しく見えるデザインのドレスを。

丹念な採寸と、しつこいくらい念入りな色合わせ。

しまいに令嬢から「もう疲れたわ。いい加減に出ておいき！」と部屋を追い出されるまで粘り、

王都に戻って一ヶ月——。

夜を日についで縫い上げたドレスは、我ながら会心の出来だった。

「おお、何度も足を運ばせてすまないな」

再びマナーハウスを訪れたカミーユは、早速居間に通された。

そこでは、ブルクナー騎士団長とその奥方、そしてあの令嬢の妹だろう、十歳くらいの愛らしい少女が寛いでいる。

「クラウスの話では、無名ながら大した腕前だとか。娘もたいそう楽しみにしておったぞ」

「恐れ入ります」

自分を紹介してくれた傭兵仲間に心の中で感謝しつつ、カミーユはうやうやしくドレスの箱を差

し出した。

「こちらが、今回ご注文いただいたドレスでございます」

「嬉しい！　どうもありがとう！」

飛びつくように箱を受け取ったのは、だが、騎士団長のそばにいた十歳くらいの少女だった。

（あらら、困ったわ。次はこっちのお嬢ちゃんにも、とびきりのドレスを作ってあげなくちゃ）

微笑ましく思いながら、カミーユは少女に頭を下げた。

「申し訳ありません。こちらはお嬢様ではなく、お姉様のドレスでして……」

「……え？」

「……は？」

一瞬、奇妙な間があった。

やがて、騎士団長がゆっくりと口を開く。

「何やら考え違いをしておるようだな。このシルヴィアに姉などおらぬぞ」

カミーユの全身から音を立てて血の気が引いた。

自分が何かとんでもない間違いを……それも、致命的な間違いを犯したと悟った瞬間だった。

「アタシが採寸したのは、騎士団長のお嬢さんじゃなかった」

そう言うと、カミーユはまっすぐ私を見た。

私と、私がこのところずっと気に入って着ていたダークネイビーのデイドレスを。

「あの日、たまたま泊まりに来ていた伯爵家のご令嬢だったのよ」

「――つまり、私ね」

そうなのだ。

パトリシアの記憶によれば、ブルクナー家と我が家は昔から仲が良く、シーズンオフは互いのマナーハウスを行ったり来たりする間柄だった。

去年もそれでブルクナー家に家族ぐるみで逗留（とうりゅう）していたのだが、その時、確かに採寸された記憶がある。

「だけど、あの時採寸に来た人はもっと……」

めっちゃシュッとしたイケメンだった。

間違っても、レスラー体型に縦ロールの女装男子じゃない。

カミーユは手の甲を口に当て、「ほほほ」と笑った。

「やあねえ。お堅い騎士団長様のお屋敷に伺うんだもの。めちゃくちゃ気合を入れて身体（からだ）も絞ったし、お化粧だって落としていったわよぉ」

――いや、それだけでそんなに印象変わる!?

私の内心のツッコミをよそに、

「けど、わからねえな」

と眉をひそめたのはダリオだった。

「どうしたらそんな行き違いが起きるんだ？」

ブルクナー家のお嬢さんに呼ばれたはずのカミーユが、なぜ私の部屋に案内されたのか。

「何もかもこの男のせいよっ！」

当時の怒りを思い出したのだろう。カミーユは、ショッキングピンクに塗った爪を、ソファに縮こまるバスケスにびっと突きつけた。

「アタシがブルクナー家に呼ばれたことを聞きつけたこいつは、同じ日に自分の店の人間をあの屋敷に送り込んだの。そして、本物のお嬢さんの採寸はそいつにやらせ、後から来たアタシは伯爵家のお嬢さんのところに案内するように、あらかじめ使用人たちを言いくるめておいたのよっ！」

あの日は大勢の人が屋敷に出入りしていた。

そんな中で起きた仕立て屋同士の行き違い……。

幸いカミーユにお咎め（とが）はなかったものの、シルヴィア嬢のドレスは結局〈メゾン・ド・リュバン〉が仕立てることになった。

失意のカミーユは、精魂込めて縫い上げたドレスも残したまま、逃げるようにブルクナー邸を後にしたのである――。

「何より辛（つら）かったのは、あの小さなお嬢ちゃんをがっかりさせてしまったことよ」

カミーユはすんと鼻をすすった。

黒のアイラインで縁取った大きな瞳に、うっすら涙が浮かんでいる。

「アタシのドレスを、あんなに楽しみにしてくれてたのに……」

「なるほどな」

話を聞き終えたダリオは、カミーユとバスケスを等分に見比べた。

「事情を聞けば、おまえの怒りももっともだ。それで、こいつをどうしたい？　裏の河に、重石をつけて沈めるか？」

「ひ、ひいっ！」

バスケスが悲鳴を上げてソファからずり落ちる。そのままずりずりとこちらに這い寄ってくると、私の膝に縋りついた。

「お、おたっ、お助けくださいい、お嬢様！　ここっ、このような者の言うことを、まさか真に受けられるのですかっ!?」

「うーん……」

私は、腕組みをして考え込んだ。

状況からみて、カミーユの言葉に嘘はないだろう。

だけど、バスケスを法的に裁くのはおそらく難しい。

低賃金で長年こきつかっていたことも、横領の濡れ衣も、すべて店の中だけで起きたことだ。証拠なんていくらでも捏造できるだろうし、それを覆すだけの知識も力も、今の私は持っていない。

ブルクナー邸で起きたなりすましの件だって、騎士団長にしてみれば、出入りの業者の間で起きた些細な事故に過ぎないわけで。今さら時間と手間をかけて調査し直してくれるかどうか……。

「……もういいわ」

カミーユが、ふいにそう言って立ち上がった。

「何もかも、今となっては済んだことよ。全部話したらすっきりしちゃった。それにアナタ。伯爵家のお嬢さん……」

「パトリシア。パトリシア・リドリーよ」

私が名乗ると、カミーユは微笑んで優雅に一礼した。

「レディ・パトリシア。アタシのドレスを、そんなふうに素敵に着てくださってありがとうございます」

素敵？　いや、素敵なのは間違いなくこのドレスのほうだ。

「これね。私の一番のお気に入りなの！　着心地はいいし、動きやすいし……」

言いながら、いいことを思いつく。

「だから、もっと作ってもらえないかしら。今日から、私の着るものは全部あなたにオーダーするわ」

「「えっ」」

カミーユとバスケスが異口同音に声を上げる。

「それ本当？」

「本気ですか、お嬢様！」

「もちろんよ」

　私は力強くうなずいた。

　私だけじゃない。お父様の服も仕立ててもらえば、カミーユの店は晴れてリドリー伯爵家の御用達(ごようたし)だ。

　彼ほどの腕前なら、すぐに他の貴族の顧客もつくだろう。

　それに……。

　私はちょっと悪い笑顔を浮かべて言った。

「でね？　早速だけど、作ってほしいものがあるの……」

　ずっと欲しかったトレーニングウェア。カミーユならさくっと作ってくれるんじゃない？

幕間　残念令嬢の父、困惑する

「……様。旦那様」

馬車の窓ガラスを遠慮がちに叩(たた)く音に、コルネリウスは目を開けた。

十日ぶりの我が家である。

懐中時計を取り出せば、時刻はすでに午前〇時を過ぎていた。

屋敷は暗く寝静まり、玄関脇の門灯と、眠たげな従僕(フットマン)の若者が捧(ささ)げ持つランプの光だけが、ぼんやりとあたりを照らしている。

「お帰りなさいませ、旦那様」

こんな時間でも、一分の隙もなく執事服に身を包んだピアースが、馬車を降りたコルネリウスから流れるようにコートを受け取った。

「この後はすぐお寝(やす)みに？」

「いや。執務室に珈琲(コーヒー)を頼む」

「かしこまりました」

このところ、外務大臣であるコルネリウスの仕事は多忙を極めていた。

隣国マーセデスで王の首がすげ替わり、平和だった両国の関係が、にわかにきな臭くなってきたのだ。

コルネリウスの友人であり、親ケレス派の筆頭でもあったマーセデスの前大使が突如更迭され、代わって送り込まれてきたのは、反ケレス派の中でも急先鋒のゴルギという男だった。

ケレスとしては、隣国とは引き続き良好な関係を続けていきたいが、マーセデスの出方次第では今後どうなるかわからない。

間の悪いことに、ケレスの玉座は現在空である。世継ぎの王女はいまだ幼く、摂政を務める王配殿下は英邁な方ではあるものの、そのあまりに破天荒な振る舞いや出自から、問題視する家臣も多い。

さらに最近、宮廷内にマーセデスに内通する者がいるらしいとの情報まで入ってきて、コルネリウスを始めとする重臣たちは、気の休まる暇もないのだった。

室内用のガウンに着替え、執務室に入ってほどなく、ピアースが夜食ののったワゴンを押して現れた。

「留守中、何か変わったことは?」

「はい。実はパトリシアお嬢様が……」

「勘弁してくれ!」

みなまで聞かず、コルネリウスは頭を抱えて叫んだ。

「あれがまた何かしでかしたのか?」

末娘のパトリシアは、長年にわたって彼の悩みの種だった。

パトリシアが生まれた年、コルネリウスは外交官として、当時内乱の真っ只中にあったマーセデスに送られた。

いつ大使館が襲われるかわからない戦地に乳飲み子を伴うわけにもいかず、泣く泣く乳母に託して任国に赴いたものの、まさか十年もの間、あちらに足止めされるとは、誰が予想できただろう。

やっとのことで帰国が叶い、十年ぶりに対面した我が子は、我慢を知らず、努力を厭い、際限なく菓子をむさぼる豚鬼のような少女になりはてていた。

せめて人並みに育っていれば、由緒あるリドリー家の令嬢として、王太子妃とまではいかずとも、公・侯爵クラスの家には嫁がせてやれたものを――。

「すまん。今覚悟を決めるから、少しだけ待ってくれ」

コルネリウスは、デスクの抽斗からブランデー入りのスキットルをつかみ出すと、乱暴にあおって息をついた。

「よし、いいぞ。報告を聞こう」

「パトリシアお嬢様が、秤を購入されました」

「……は？」

予想の斜め上どころか、思いもしなかった内容に、コルネリウスはしばしフリーズする。

「秤？」

「はい。三〇〇ポンドまで量れる台秤でございます。値段は二万シルでしたので、帳簿には什器として計上いたしました」

「待て待て。一体どうしてそんなものを」

「目方を量るためでございます。――お嬢様ご自身の」

「はあっ!?」

コルネリウスは、急激な頭痛を堪(こら)えるようにこめかみを揉(も)んだ。

聞き違いだろうか。

だが、ピアースが開いて見せた帳簿には、執事の几帳面(きちょうめん)な筆跡で「台秤　§二〇、〇〇〇」と間違いなく記載されている。

では、我が娘はついにおかしくなったのか。

(そうだな。そちらのほうがありそうだ)

やはり、あの子は修道院にやるしかなさそうだ。

自分たちが最初から育ててやらなかったばっかりに、可哀想(かわいそう)なことをした。

陰鬱なもの思いに耽(ふけ)るコルネリアスをよそに、執事はたんたんと報告を続ける。

「ちなみにですが、お嬢様の先月の目方――『体重』というそうですが、ご体重は二〇二ポンド七オンスでございました」

「に、二〇二ポンド!?　我が娘の目方は豚並みか!」

今度は別方向からの衝撃に、コルネリウスは悲痛な声を上げる。

「いえ、さすがにそこまでは。一般的に、精肉場に出荷される子豚の目方はおよそ二四〇ポンド(約一〇九キログラム)、親豚はその倍以上ございますから」

「そういう話をしたいのではない！」

「はい。それに、どのみち二〇二ポンドは先月の数値でございます。今朝のお嬢様のご体重は……」

「言うな。どれだけ増えたかなど聞きたくもない」

「ご体重は」

執事は辛抱強く繰り返した。

「一八〇ポンド一二オンス（約八二キログラム）でございました」

「……減ったのか」

意外だった。

だが、一八〇ポンドという目方がどれほどのものか、体重測定という概念のない世界に生きるコルネリウスには今いちわからない。

彼の心を読んだかのように、数字に強い執事がすらすらと続けた。

「比較の対象といたしまして、私めの体重が一八五ポンド（約八四キログラム）、アトキンス夫人が一三二ポンド（約六〇キログラム）、侍女のメリサは一一〇ポンド（約五〇キログラム）でございました」

「量ったのか。おまえたちも」

コルネリウスは呆れたが、執事の謹厳な口許には、滅多に見られぬ柔らかな微笑が浮かんでいた。

「なかなか楽しゅうございましたよ」

「……ふむ」

娘の考えていることは依然として謎だが、さしあたり害は無さそうだ。

そう、コルネリウスは判断した。

「わかった。遅くまでご苦労だったな。今夜はもう休んでいいぞ」

労い、退出を促せば、ピアースは一礼して静かに下がりかけ……。

ドアの前でふと足を止めた。

「ところで明日のご朝食は、お嬢様とご一緒にとられては？」

コルネリウスは驚いて顔を上げる。

同じ屋敷に住んでいながら、父娘はもう何年も別々に生活していたからだ。

「一体何が言いたいんだ、ケニー？」

驚きのあまり、つい昔の言葉遣いが出てしまった。

「言葉通りの意味さ、コル。たまには自分の家族にも目を向けろ。案外、いいことがあるかもしれないぞ。……では、おやすみなさいませ、旦那様」

再び完璧な執事に戻った幼馴染は、そう言うと影のように部屋を出ていった。

王国きっての切れ者外務大臣ではなく、途方に暮れた一人の父親を後に残して。

残念令嬢、プレゼンする

肉は筋肉の材料となる重要なタンパク源だ。

痩せたいからといって、やみくもに肉食を制限すると、動物性タンパクが不足して筋肉が減ってしまい、基礎代謝が下がって太りやすくなる。

また、肉を食べない人は、甘いものを食べ過ぎる傾向がある。

タンパク質が不足することで、身体(からだ)が手っ取り早くエネルギーに変換できる栄養素――つまり糖分を欲しがるようになるからだ。

――と、いうわけで。

毎食のメニューに積極的に肉を取り入れた結果、パトリシアとして覚醒した当初九〇キログラムあった私の体重は、一ヶ月後の今日、八二キログラムまで落ちていた。

(見た目はまだまだでぶだけど……)

カミーユに注文していたトレーニングウェアも届いたことだし、そろそろ本腰を入れて、運動量も増やそうか。

などと考えながら、毎朝恒例のストレッチを終え、身支度を整えて食堂に行くと、いつもは私だけの食卓に、二人分の食器がセットされていた。

「おはようございます、お嬢様。今朝は旦那様も朝食をご一緒されるそうです」

執事のピアースが教えてくれる。

「あら、珍しい」

そうなのだ。

外務大臣のお父様は、仕事が忙しいこともあり、同じ家に住んでいながら、ほぼ別居も同然の状態だった。

というか、前に会ったのが、ロッドとの婚約破棄の話をした時だから、実に一ヶ月も顔を見なかったことになる。

……まあ、我が家はもともと親子関係が希薄というか、パトリシアって、家族の中でも持て余されてる感満載だしねえ。

「旦那様。おはようございます」

ピアースの声に振り向けば、上等だが古びたグレーのスーツに身を包んだお父様が、食堂に入ってくるところだった。

私は椅子から立ち上がり、膝を軽く曲げて会釈する。

「おはようございます、お父様」

……体幹がまだよわよわで、姿勢を戻すときによろけてしまったのはご愛嬌(あいきょう)だ。

「あ？　ああ、おはよう。……パトリシア？」

「はい、パトリシアですわ、お父様」

お父様は面食らったように目を瞬(しばた)くと、不思議そうに食卓を見渡した。

まるで、そこにあるはずの何かを探すように。

そこへ、コックのジョーンズ夫人とパーラーメイドのシャーロットが、ワゴンを押してやってきた。

「今朝のメニューはローストビーフとサラダ、スープは鶉卵と根菜入りのコンソメでございます」

ジョーンズ夫人の説明に、お父様は無言で食べ始めたけれど、私はいつものように感想を言うのを忘れない。

「今日のお料理も最高に美味しいわ。ローストビーフは脂身の少ない赤身の部位なのに、舌の上でとろけるようだし、コンソメはとってもやさしい味わいね！」

「恐れ入ります。食後の果物は今年最後のサクランボと、出始めの桃がありますが……」

「そうね。両方少しずついただける？」

楽しそうにやりとりする私たちを、お父様が目を皿のようにして見つめている。

「あー……、パトリシア？」

「はい、お父様」

「その、いつものアレはいらないのか？　ココアとか、ケーキとか……」

「スイーツは食事の代わりにはなりませんもの」

私はこともなげに言い、ジョーンズ夫人に向き直る。

「その服、やっと届いたのね。とても素敵よ。着心地はどう？」

「ありがとうございます。おかげ様で重宝しております」

嬉しそうに頬を染めるジョーンズ夫人は、前世でいうところのシェフコートによく似たクリーム色の上下を着ていた。

私がカミーユに注文したものだ。

Aラインのシルエットは、ジョーンズ夫人のボリューミーな下半身をうまくカバーし、ぱっと目を引くオレンジ色のボウタイは、ジョーンズ夫人の顔色を明るく見せている。

「パ……、パトリシア？」

「何でしょう、お父様？」

「私の聞き違いでなければ、今の言葉は、おまえがジョーンズ夫人に服を贈ったように受け取れるのだが？」

「ええ。毎日おいしいご飯を作ってくれる彼女への、私からの感謝の気持ちですわ。こんなに素晴らしい料理人にお仕着せも支給しないなんて、不公平もいいところですもの」

ピアースに聞いて知ったのだが、王宮でも貴族の屋敷でも、人前に出ることの多い執事や従僕、メイドには、主家から毎年二着ずつお仕着せが配られるという。

だが、ふだん厨房にこもりきりの料理人には、お仕着せがないのが一般的だ。

我が屋では例外的にジョーンズ夫人も給仕をするが、それは合理主義のお父様が、余分な使用人を雇っていないせい。

だとしたら、彼女にもお仕着せがあっていいのではないか……。

私の理屈に、お父様は「まあ、そうかもしれないが」と口ごもった。

「しかし、お仕着せにしては、その、何というか……あまり見ない意匠(デザイン)だな」

「ええ！　そのことなのですけれど」

よくぞ聞いてくれました！

私はここぞとばかりに、この服がいかに優れモノか説明(プレゼン)し始めた。

ダブルになった前身頃が、左右どちらを前にしても着られるようになっているのは、布を二重にすることで、火傷(やけど)や油跳ねから身を守るとともに、ボタンを外して左右の打ち合わせを逆にすれば、すぐに清潔な姿で給仕にも出られる工夫である。

袖丈をわざと長くしたのは、熱くなった鍋の取っ手やお皿をつかむとき、伸ばした袖口を鍋つかみの代わりにできるから。

オレンジ色のボウタイは、ドレスのアクセントであると同時に、汗拭きとしても使えるように、吸水性のいい木綿でできている。

——とまあ、これらは全部、前世のジムに腰痛のマッサージを受けに来ていた近所のシェフの受け売りなのだが。

カミーユにこれを教えたら、

「あら、いいじゃない。面白そう」

と二つ返事で作ってくれた。

「そ、そうか。なるほど。その服が便利なことはよくわかった」

やや引き気味に頷(うなず)くお父様。

私は、チャンスとばかりにたたみかける。

「それだけじゃありませんの。お父様、私の今日のドレス、どう思われますか？」

今日の私の装いは、例のダークネイビーのデイドレス――

ではなくて。

艶やかなロイヤルパープルのシュミーズドレスだった。

バストのすぐ下の切り替えから、スカートが直線的にすっと落ちていくエンパイアスタイルは、ルーズな着心地で動きやすい上、縦長ラインが強調されて、着やせ効果も抜群だ。

実はこれ、カルヴィーノ商会の倉庫で見つけた古着のリメイクなのだが、カミーユにかかればこのとおりだった。

お父様の目許がふと優しくなる。

「ああ。上品で、とてもよく似合っているよ。いつもの服よりずっといい」

――っしゃあっ！

私は内心、ガッツポーズを決めながら、何食わぬ顔でこう続けた。

「実は先日、とても腕のいい裁断師を見つけましたの。それで、お父様にも一着仕立てて差し上げたいのですけれど」

「…………！」

お父様は、無言でカッと目を見開いた。

と思ったら、ナプキンを置いてよろよろと立ち上がる。

「ピアース？」

「はい、旦那様」

「寝室に戻る。どうも、今日はひどい寝不足のようだ」

起きたまま夢を見るくらいだからな……とつぶやきながら、お父様は、おぼつかない足取りで食堂を出ていったのだった。

12 残念令嬢、連行される

リドリー家のタウンハウスから、徒歩でおよそ二〇分。

リブリア河にかかる橋の欄干にもたれて、私は自家製のスポーツドリンク——水で薄めたレモン果汁に、塩と蜂蜜を加えたもの——を飲みながら、首にかけたタオルで汗を拭った。

毎朝のウォーキングを始めてから、今日でちょうど一週間。

最初のうちこそ屋敷の庭を歩き回るだけで動悸と息切れがしたものだが、しばらく続けていくうちに、歩ける距離が少しずつ伸びてきた。

おまけにここ数日は、途中で起きることもなく、夜もぐっすり眠れている。

そんなわけで、今日は初めて外に出てみることにした。

きらきらと川面に反射する朝日に目を細めながら、早朝の街の物音にのんびりと耳を傾ける。

カポカポというのどかな蹄の音は、王都を見回る騎士か巡回兵だろうか。

この道をずっと行けば王宮だし——などとぼんやり考えていたら、馬蹄の音は、なぜか私の真後ろでぴたりと止まった。

「失礼。そこのおかみさん」

今日の私は、つば広の麦藁帽子に地味な色のコットンブラウス、遠目にはロングスカートに見えるだろう、ゆったりしたワイドパンツといういでたちだ。

帽子で顔が隠れている上、パンツのウエストにぜい肉がのった立派なおばちゃん体型だから、おかみさん呼ばわりされても仕方ない。

私はくるりと振り向くと、帽子のつばを持ち上げた。

思ったとおり、馬上からこちらを見下ろしていたのは、巡回兵の制服を着た男だった。

男は私の顔を見るなり「あ」という顔になり、

「失敬。あー……お嬢、いや、娘さん？」

と律儀に訂正してくれる。

末尾が疑問形なのは、私の身分を今いち測りかねたせいだろう。

「さしつかえなければ、ここで何をしているのか教えてほしいのだが」

あ。これもしかして職質ってやつ？

「ウォー……」

ウォーキング、と言いかけて、こっちの世界にはそんな単語はなかったことを思い出す。

「ウォー？」

「ウォ散歩！　そ、そう！　お散歩ですわ！」

よっし。これなら通じるだろう。

と胸を張って答えたのに、巡回兵はなぜかますます胡乱(うろん)そうな顔になった。

「……散歩？」

（はっ！　そういえば……）

私は、はたと思い出す。

この世界の「散歩」とは、上流階級の紳士淑女が、手入れの行き届いた公園や、訪問先の屋敷の庭園をそぞろ歩く行為を指すことを。

行き帰りはもちろん馬車で、服装だって、わざわざそのためにあつらえた見栄えのいいドレスやスーツで思い切りお洒落（しゃれ）していくのだ。

間違っても、木綿の上下にスポドリ入りの水筒を斜め掛けして、天下の公道をぽてぽてと歩き回ることじゃない。

「それにしては、変わった格好（なり）ですな」

案の定、そこを突っ込まれた。

伸縮性があり、吸湿性にも優れた綿天竺（コットンメリヤス）の上下セットは、カミーユに仕立ててもらったトレーニングウェアだ。

汗染みが目立たないように、色こそ地味なチャコールグレーだが、両脇に入れたマゼンタピンクの二本線が、いい感じのアクセントになっている。

前世のジムで愛用していたプ○マやアデ○ダスのジャージをイメージしたデザインだ。

だけどこの服、こっちの世界じゃかなり斬新、ていうか、有体に言って浮いてるんじゃ……。

などと、今さら気づいてももう遅い。

巡回兵は礼儀正しく、けれど有無を言わさぬ口調で言った。

「ご承知のとおり、毎年この時期は、来たる建国祭に向けて警備を強化しております。お手数ですが、詰め所までご同行いただけますか？」

てなわけで、私は王宮のほど近く、騎士団の詰め所に連行されてしまった――……。

「ご苦労だったな、デニス。だが、こちらの女性（レディ）なら問題ない。もう持ち場に戻っていいぞ」

――王宮騎士団、第三詰め所の執務室。

デスクに座ったダークブロンドに榛色の瞳（ヘイゼルアイ）のイケメンがそう言うと、私を連れてきた巡回兵は一礼して下がっていった。

白い歯がまぶしい爽やかな笑顔に、全身無駄なく鍛えられた筋肉質のボディ。

どことなく前世の「体操のお兄さん」を彷彿とさせるこの青年はヘイデン・ブルクナー。

ブルクナー騎士団長のご次男である。

「久しぶりだね、リドリー嬢」

「ご無沙汰しております。ブルクナー様」

ブルクナー家と我が家とは親同士が懇意の間柄だし、学年こそ違うものの、同じ時期に王立学院に通っていたから、お互い顔は知っている。

もっとも、パトリシアは学院入学から卒業まで、しっかりがっつりハブられてたから、「知り合い」以上の関係にはならなかったけど……。

「それで？　今日はどうしてあんな所にいたのかな？」

ヘイデン様の口調は、私（パトリシア）のような残念令嬢に対しても、あくまで紳士的だった。

顔良し、性格良し、おまけに家柄も文句なし。一時はお父様が私の婿にと頭を下げて頼んだものの、当然ながら丁重にお断りされたという過去がある。

私よりふたつ年上の二十四歳。とうの昔に婚約どころか、子どもがいてもおかしくないのに、未（いま）だに独身なのはなぜだろう……。

「部下には散歩と言ったそうだけど、あのへんは伯爵家のご令嬢が付き添い（シャペロン）もなしに出歩くような場所じゃないよ」

「トレ……た、鍛錬！　そう、鍛錬をしてましたの！」

「ウォーキング」同様、「トレーニング」という言葉も通じないから、咄嗟（とっさ）にそれっぽい言葉に置き換える。

――と。


きゅぴーん！


と音が聞こえそうなくらいはっきりと、ヘイデン様の瞳が輝いた。

「鍛錬！　いいね。どんなことをやってたの？」

その途端、私にはわかってしまった。

（あ。この人、ガチの人だ……）

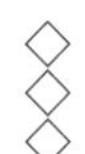

スポーツジムにやってくる人は、大きく三つに分けられる。

ガチと、趣味と、ひやかしだ。

「無料体験」とか「今なら入会金無料！」とかの宣伝文句につられてやってきて、その場のノリで入会するも、早々に挫折してフェードアウトするひやかし勢。

トレーニングはそれなりにこなし、ジムでの人間関係や、「ジムに通っている俺ボク私」のスタイルも同時に楽しむ趣味勢。

うちのジムでは、ここまでで大体、会員数の八割くらいを占めていた。

で、残る二割がいわゆる筋トレオタク、トレーニングオタクと呼ばれるガチ勢だ。

当初は何か目的があって身体（からだ）を鍛えていたのかもしれないが、次第にトレーニングそのものが目的になり、口を開けばやれプロテインはどこのメーカーがいいの、トレーニングは自重とウエイトどちらがいいのと何時間でも話していられる幸せな人々である。

そう。前世では私もその一人だったから、同類の匂いはすぐわかる。

「……楽しいですわよね、鍛錬」

「――ああ。楽しい」

私たちは見つめ合った。

言葉はいらない。

(彼は)

(彼女は)


((筋友(おなかま)だ――――っ!))


――それから約三時間。

ヘイデン様の部下の人が、

「隊長。すみませんがもうそろそろ……」

と遠慮がちに入ってくるまで、私たちはトレーニング談義で盛り上がった。

「しかし、重い打撃を繰り出せるようにするなら、やはり重りを使った鍛錬のほうが……」

「ええ、ウェイトトレーニングに反対はしませんわ。でも、まだ身体が十分にできていない若い子に、いきなり重たい剣を振らせるのは、却(かえ)って逆効果だと申し上げているんです。訓練で身体を傷めてしまっては本末転倒ですもの」

「隊長」

「では、訓練中に水を飲むのを禁じるのも?」

「ナンセンスですわね。もちろん、戦場でそんな悠長な真似(まね)ができないことは重々承知しておりま

す。でも、何度も申し上げますけれど、訓練中に身体を壊してしまっては元も子もありませんでしょう？」

「隊長！」

「ああ、待て。あとひとつだけ。鍛錬後の食事についてだが……」

「ブルクナー隊長っ!!　まじで時間がやばいです！」

部下の人の悲痛な声に、私たちははっと顔を見合わせた。

「あらやだ」

気がつけば、時刻はとうに正午を大きく回っている。

私が慌てて席を立つと、執務机を回ってきたヘイデン様が、すかさずエスコートの手を差し出した。

「いや、実に有意義な時間だった」

「こちらこそ。とても楽しかったですわ、ブルクナー様」

「……」

ドアのほうに向きかけていたヘイデン様が、ふと足を止めて振り返る。

「ヘイデンと」

「えっ？」

「僕のことはヘイデンと呼んでほしい。……その、今さら図々しいかもしれないが」

——図々しい？

一瞬何のことかわからなかったけど、相手を名前で呼ぶくらい、別にどうということもない。

「かまいませんわ、ヘイデン様。では、私のこともどうぞパトリシアと」

お返しのつもりでそう言ったら、ヘイデン様はぱっと目を輝かせた。そればかりか、エスコートのために彼の腕にかけていた私の右手をすくいとり、指先に軽く口づける。

「パトリシア嬢。ではまたいずれ、近いうちに。帰りは馬車を呼ぶように、うちの部下に言っておくよ」

その時の私はすっかり忘れていたのだ。

ヘイデン様が、私との婚約話を一度は断っていることも。

男女が互いに名前（ファーストネーム）を呼び合う意味も。

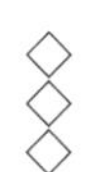

騎士団の馬車が敷地を出ていき、角を曲がって見えなくなるまで、ヘイデン・ブルクナーは執務室の窓からずっと見送っていた。

「まさか、彼女があんなに楽しい人だったなんて。婚約者選びを母任せにしていたせいで、惜しいことをしてしまった。いや、まだ挽回（ばんかい）のチャンスはあるか……？」

13 残念令嬢と式典服

「着心地はいかがでしょう、閣下。ご不快なところはございませんか？」

「いや、大丈夫だ」

全身が映る鏡を前に、礼服姿で立っているのはお父様だ。

王宮の公式行事で廷臣たちが着る式典服は、白いレースの襞飾り(ジャボット)、膝丈のズボン(ニー・ブリーチ)にストッキング、そして、銀糸の刺繍(ししゅう)で飾られた黒紋織り(ゴブラン)のシルクのガウンと決まっている。

全員がまったく同じデザインの服を着るため、王の御前に居並ぶと、仕立ての良し悪し(よしあし)が如実にわかってしまうそうだ。

「だが、前の服もまだまだ着られるのに……」

と渋るお父様を、

「旦那様。前にお仕立てになってから、すでに十年も経(た)っております」

「外務大臣ともあろうお方が、虫食いのガウンを繕ってお召しになるのはいかがなものかと」

「それに、お父様には黄色がかった黒(イエベ)より、青味がかった黒(ブルベ)のほうが断然お似合いになるわ！」

と、ピアースとアトキンス夫人と私の三人がかりで説得し、ようやく今度の建国祭に向けて新調することになった。

ちなみに建国祭とは、その年の社交シーズンの終わりを告げる大規模な王宮夜会である。毎年、八月の最終週に開催され、三日間にわたる期間中は、王宮だけでなく街中も、お祭り気分で大いに盛り上がる。

自粛中の私は欠席するが、お父様は外務大臣として、式典から夜会までみっちり参加しなければならない。

「……どうだろうか」

外交ではあますところなく辣腕ぶりを発揮するお父様も、お洒落(しゃれ)にはとんと無頓着というか、ぶっちゃけ、かなり苦手のようだ。

私たちの前で鏡を直視するのが恥ずかしいらしく、さっきから微妙にそわそわと視線を泳がせている。

「恐れ入ります。襟元をお直しいたしますので、少々お顔をお上げください」

渋いバリトンボイスと共に、うやうやしい手つきでレースの襞(ひだ)を調えるのは、額から後ろになでつけたピンクブロンドの長髪をうなじで束ねた美丈夫だった。

シックなスーツに身を包み、跪(ひざまず)いてガウンの裾に待ち針を打つ真剣な横顔からは、これがあの縦ロールの髭(ひげ)マッチョと同一人物とは到底思えない。

「まあ！　素敵ですわ、旦那様！」

思わずといった様子でアトキンス夫人が声をもらせば、ピアースも、

「とてもよくお似合いです」

と満足そうに頷(うなず)いている。

「……そ、そうか？」

満更でもなさそうなお父様に、私も力強く頷いた。

「お父様はもともとかっこいいお顔立ちですもの。もっとちゃんと見せなきゃもったいないですわ！」

そうなのだ。

王国一の切れ者と言われるお父様は、クールな理系男子がそのまま歳(とし)を重ねたような、知性と落ち着きを兼ね備えたイケオジだった。

こっちの世界にスマホがあれば、間違いなく王宮のインスタに毎日のようにアップされ、いいねがわんさかつきそうである。

そんなお父様は、なぜか片手で口を覆い、立て続けに咳払(せきばら)いをしてから、

「で、では、このまま仕立ててもらおうか」

と妙に早口で言ったのだった。

◇◇◇

ちりん。

冷えた果汁入りのフルートグラスを触れ合わせ、私とカミーユは乾杯した。

「やったわね！　これであなたのお店も、晴れて外務大臣御用達よ！」

「本当に、何とお礼を言ったらいいか……」

男装？　のまま、ソファにかしこまったカミーユが声を詰まらせる。

あの後、私は自分の居間にカミーユを招き、二人で祝杯を上げているところだった。

「私は何もしてないわ。カミーユの実力があれば、遅かれ早かれこうなったはずよ」

「いいえ。いくらアタシの腕が良くても、先立つものがなかったら、あれだけの生地は揃えられなかった。……でも、本当に良かったの？　メリサって侍女のコに聞いたんだけど、アナタったら、クローゼットをほとんど空にしちゃったそうじゃない」

心配そうなカミーユに、「あー、いいのいいの」と私はひらひら手を振ってみせた。

「どっちみち色もデザインも私には合わないものばかりだったし。お茶会にも夜会にも出ないんだもの。よそ行きのドレスなんて、なくてもちっとも困らないわ」

今回の材料費はすべて私が出した。

今は平民向けの店を営むカミーユには、木綿や麻など安価な生地しか手持ちがなかったからだ。

だが、顧客が大臣クラスの貴族ともなれば、絹や天鵞絨、レースに始まり、真珠のボタンや金の留め具など、高価な素材が山のように必要になってくる。

そこで、私は手持ちのロリふわドレスや靴を放出し、使えそうなものは素材として、使えないものは古着としてカルヴィーノ商会に買い取ってもらうことで、今回の費用を捻出した。

これでお父様から支払いがあれば、少しずつ運転資金もできてくるはずだ。

欲を言えば、あともう少し貴族の顧客が欲しいとこだけど……。

「そういえば、シルヴィア様から何か連絡はあった？」

ブルクナー家のシルヴィア嬢は、先日会ったヘイデン様の妹さんだ。

ダメ元で、カミーユがリメイクした私のドレスを何点か、サンプルとしてヘイデン様経由で送っておいた。

というのも、シルヴィア嬢こそ、パトリシアが好きだったベビーピンクやら何やらのロリふわ服が、どんぴしゃで似合うタイプだと思ったからだ。

気に入ってもらえれば、ブルクナー家からも注文が舞い込む――かもしれない。

かもしれないが……。

（問題は、私の紹介ってところよねえ……）

社交界における私の信用はどん底もどん底だ。いきなりドレスなんか送りつけて、気味悪がられたらどうしよう。

だが、その心配はどうやら杞憂のようだった。

控えめなノックとともに現れたメリサが、私にこう言ったからである。

「お嬢様。ブルクナー家のヘイデン様とシルヴィア様がお見えです。お嬢様にぜひお礼を言いたいとおっしゃっていますが、お通ししますか？」

14 残念令嬢、奔走する

「ご無沙汰しております、パトリシア様。このたびは素敵なドレスを何着も贈ってくださって、どうもありがとうございました！」

ぱあっ、と音がしそうにまぶしい笑顔。

兄と同じダークブロンドに榛色（ヘイゼル）の瞳をしたシルヴィア嬢は、活発さの中にも育ちの良さが窺（うかが）える、妖精のような美少女だった。

その身に纏（まと）うのは、私が贈ったサンプルのひとつ、コーラルピンクのワンピースドレスである。

全体的にごてごてとついていたレースやリボンを取り外し、すっきりとした上半身にはワンポイントのコサージュだけ。その代わり、下半身はアシンメトリーな襞飾り（ティアード）をいくつも重ね、すっと入った切れ目から、クリーム色のレースが滝のようになだれ落ちている。

少女趣味でありつつも、どこか気品のあるデザインだった。

「気に入っていただけて何よりですわ。でも、そちらはオーダー見本のつもりでお送りしたものなので……。サイズは大丈夫でしたかしら？」

サンプルはどれもシルヴィア様が着ることを前提に作られているが、デザインが気に入ったらオーダーしてね、というつもりで作ったので、サイズはかなり適当だ。

「実は、あちこち少し緩かったのですけど、あまりに素敵だったので、思わず着てきてしまいました」

　てへっ、と肩を竦める姿も愛らしい。

　と、部屋の隅から、すんと鼻を啜る音が聞こえた。

　ブルクナー兄妹が入ってきた時から、壁際に控えていたカミーユだ。

（よかったね。今度こそちゃんとシルヴィア嬢にドレスを作ってあげられて）

　数年前、バスケスの悪だくみのせいでシルヴィアをがっかりさせたことを、未だに気にしているカミーユのためにも、この計画はうまくいってほしかった。

「でしたら、ちょうど今、そのドレスを仕立てた者が来ておりますの。お時間さえよければ、この場で調整していかれます？」

　私は、兄妹にあらためてカミーユを紹介する。

「こちら、最近リドリー家御用達になりましたカミーユです。父の式典服も手がけた腕利きの裁断師ですのよ」

　シルヴィア嬢は、カミーユの顔を覚えていた。
　なので、去年ブルクナー家のマナーハウスで起きた出来事を話したところ、いたくカミーユに同情したらしい。サンプルとして贈ったドレス全部の他に、建国祭用のドレスまで注文してくれた。

さらに、サンプルはどれも私のドレスの縫い直し（リメイク）なので、お直し代はこちらで持ちますと言ったら、ヘイデン様まで恐縮して騎士服一式をオーダーしてくれた。

「すごいじゃない！　これでブルクナー家御用達も名乗れるようになったわよ！」

兄妹が帰っていった後、私は「やったね！」とカミーユを振り向いたが、カミーユはなぜか浮かない顔である。

「どうしたの？」

どこか具合でも悪いのだろうか。心配して顔をのぞきこむと、今や顔面蒼白（がんめんそうはく）になったカミーユはひと言、

「足りないわ」

とつぶやいた。

「足りないって、何が？　時間？……あ」

訊（き）いてから、はっと思い当たる。

「材料ね……」

サンプル用の生地やレースは、私のドレスをばらして調達できたけど、今回は新規のオーダーだ。生地から何からすべて新品を用意して、注文主に一から選んでもらわなければならない。

お父様のために用意した生地はどれも男物だし……。

「いいえ、材料のあてならあるの。ダリオが建国祭をあてこんで大陸から買いつけた絹やレースが、今日にも倉庫に着くはずよ。だけど……」

その先は言われなくてもわかる。

お金だ。

お父様の式典服の代金があれば、次の素材を買うことができる。

だけど、それが支払われるのはまだ先だ。

そしてシルヴィア嬢のドレスは、すぐにでもデザインを決めなければ建国祭に間に合わない。

「私のドレスを売ったお金が、まだ少し残っているけれど……」

十万シルくらい。と言ったら、カミーユは力なく首を横に振った。

ドレス用の素材だけでも、全ての色を買い揃(そろ)えるなら、一千万は要るという。

「でも、今回は全部の色は要らないわ」

シルヴィア嬢の肌色は、イエローベースのクリーム色だ。

しかも、今回は建国祭用のドレスだから、選ばれそうな色はおのずと限られる。

クリームイエロー、イエローグリーン、ベージュ、サーモンピンク、オレンジなどなど、ソフトで華やかな色合いを中心に揃えていけばいい。

私の言葉に、カミーユは一瞬顔を上げたが、すぐまたがっくりとうなだれた。

「そうね。でも、それだって最低三百万は必要よ」

「三百万……」

とは、どのくらいの金額なのか。

伯爵令嬢(パトリシア)の生活しか知らない私には、正直、この世界の通貨の価値が今いちぴんとこなかった。

「私のアクセサリー……は、売れないのよね……」

前回、私のドレスを売ったとき。

大量のドレスを運ぶのに、馬車が必要だったので、ピアースに理由を話して用意してもらった。

そのときピアースに言われたのだ。

「ドレスや靴は、お嬢様の物ですからお好きになさってかまいません。ですが、家具や宝飾品は、すべてリドリー家に代々伝わる家宝でございます。ゆめゆめ売却などなさいませぬよう……」

私は、唇を噛んで考えこんだ。

「ダリオにつけはきかないの？」

「〈メゾン・ド・リュバン〉みたいな老舗ならともかく、アタシなんかじゃ到底無理よ。店の名前すらないんだもの」

カミーユの店は市場の露店にすぎず、そこでリメイクした古着を売ったり、簡単な仕立てを請け負ったりして生計を立てているという。

「でも、リドリー家とブルクナー家から注文を取れたでしょう？　それは信用にはならないかしら」

「その家の誰かが保証してくれればね」

「あら。だったら簡単じゃない！」

私は、一気に肩の力が抜けるのを感じて声を上げた。

「私が保証すればいいんでしょ？」

カミーユが、張り裂けんばかりに目を見開く。

「えっ。……い、いいの？」

「いいに決まってるじゃない！」

カミーユったら。もっと早く言ってくれれば、こんなに悩まずに済んだのに。

そうと決まれば、すぐにでもダリオのところに行かなくちゃ。

この前の感じからすると、今ごろ商会の倉庫には、大勢の商人たちが仕入れに押しかけているに違いない。

そして、その中にはバスケスも来ているはず。

「ほら、急いで、急いで！　いい品をバスケスに取られたくないでしょう？」

何で伯爵家のお嬢様が、とか、アタシなんて傭兵(ようへい)上がりのごろつきなのにとか。

まだぶつぶつ言っているカミーユを引きずるように、私は部屋を飛び出した。

15 残念令嬢と財務官

リブリア河畔、カルヴィーノ商会のレンガ倉庫。

あれから何度か通ううちに、作業員のお兄さんたちとも顔馴染み（かおなじみ）になった私は、カミーユともども顔パスであっさり中に入れてもらい――。

そこで、はたと立ち止まった。

いつもなら、荷揚げ直後でにぎやかにごった返しているはずの倉庫内が、妙に静まり返っていたからだ。

「……？」

確かに人は大勢いる。

でも皆、壁際に縮こまり、息を殺してある一点を見つめているのだ。

視線の先には、ダリオと、その前に立つ黒紫のローブをまとった人物がいた。

「あら。あれは……」

グスマン侯爵家嫡男、イサーク様。

財務大臣のグスマン侯爵とお父様とは、王立学院時代の同期生。そのよしみで、今も何かと交流がある。

私も、イサーク様とは王立学院の在学期間が被（かぶ）っていたから、お顔は存じ上げていた。

もっとも、入学から卒業までスクールカーストの最低辺にへばりついていた私のことなど、開校以来の英才といわれたイサーク様は知りもしなかっただろうけど。

「だから、何度も言ってるだろう！　うちは禁制品の密輸なんかやってねえ。これだってちゃんと正規の手続きを踏んで仕入れたものだ」

ダリオの苛立(いらだ)った声がした。

対するイサーク様は、いたって冷静だ。

「こちらも再三言ったとおり、訴えがあれば調べるのが仕事だ」

「ねえ。何があったの？」

私は、たまたま近くにいた顔見知りの作業員に小声で話しかけた。

「誰かが、うちの商会をあいつに密告(チク)ったんだ。輸入禁止の〈人魚の涙〉をこっそり取引してるって」

「〈人魚の涙〉？」

輸入禁止というからには、麻薬とかそっち系のやばい品物だろうか。

作業員は「くそっ」とくやしげに拳を握りしめた。

「会頭がケレス(この国)の人間じゃないもんだから、奴(やつ)ら、何かっていうとうちを目の敵にしやがって」

その間も、ダリオとイサーク様のやりとりは続いている。

「帳簿ならさっき見せたろうが」

「表向きの帳簿はな。だが、後ろ暗い稼業をする者は、それとは別に正確な帳簿をどこかに隠しているものだ。俗に裏帳簿といわれるものを」

「てめえっ！」

「会頭！」

キレかけたダリオを諫めるように、ランドルフが背後から声をかける。

イサーク様はそれも意に介さず、「そもそも」と再び口を開いた。

「おまえたちは、これまでずっと平民だけを相手にしてきた。貴族の伝手を持たない身では、貴族を顧客に持つ商店主と取引するのが精一杯だったからだ。それが突然、このように高価な品物を、しかも大量に仕入れられるはずがない。たとえばこれだ」

そう言ってイサーク様が足元の箱からつまみ上げたのは、ピンクのフリルをこれでもか！　と重ねに重ねたパニエだった。

「このドレスは、大陸でしか産出されない絹織物でできている。しかも、これほど大ぶりのものを作るには……」

「やめてええええええっ！」

私は、喉も裂けよと絶叫した。

倉庫内の視線が、いっせいに私に集中する。

さすがのイサーク様も、ぎょっとしたように切れ長の目をこちらに向けた。

仔山羊革の黒手袋をぴしりとはめた手で、ウエスト周りが九五センチもある巨大なパニエを顔の前で広げたまま。

私はつかつかとイサーク様に歩み寄り、無言でパニエをひったくった。

「レ、レディ？　一体……」

眉をひそめる長身のイサーク様を、下から涙目でにらみ上げる。

「これはドレスではなくパニエです。スカート部分にボリュームを出すためにハリのある生地で仕立てたアンダースカートで、裾からチラ見せすることもあるので露骨に『下着でーす！』ってアイテムじゃありませんけど、それだって殿方に――それも赤の他人の殿方に、こんなふうに公衆の面前で触られていいものじゃありませんわ！」

一気にそこまでまくし立て、はあはあと荒い息をつく私を、イサーク様は最初、珍獣でも見るような目で眺めていたが、一拍遅れて理解が追いついたのだろう。その頬がみるみる赤くなった。

「……も、申し訳ない。女性の衣服については、あまり詳しくないもので」

「おう、嬢ちゃん。ついでにこの堅物野郎に言ってやってくれよ。この箱の中身は全部、嬢ちゃんがうちに卸した品物だってな」

脇からダリオがにやにやしながら口を挟む。

さっきまでの怒りはすっかりなりをひそめ、完全に面白がっている顔だ。

「ええ。ダリオさんのおっしゃるとおりですわ」

私が肩をそびやかすと、イサーク様は再び「申し訳ない」と、深々と頭を下げてくださったのだった。

「いや、いいところに来てくれたもんだ。おかげで痛くもない腹を探られずに済んで助かったぜ」

ダリオは上機嫌でそう言うと、私にレモネードを出してくれた。

「まだ疑いが完全に晴れたわけじゃない」

憮然(ぶぜん)とした顔のイサーク様は、今はダリオのデスクに座り、広げた帳簿を丹念に目で追っている。

倉庫二階のオフィスには、ダリオとイサーク様、それに私の三人が座っていた。

カミーユはといえば、今はすっかり喧噪(けんそう)の戻った階下の倉庫で、素材選びに余念がない。

「けっ。疑(うたぐ)り深いやつだ。そんなだから、いつまでたっても嫁の来手がないんだぜ」

憎まれ口をたたくダリオをきれいに無視して、イサーク様がこちらを向いた。

「リドリー嬢。大変申し訳ないが、お売りになった品物と帳簿を照合させていただいてもいいだろうか」

イサーク様の現在の仕事は財務官。それも、密輸や脱税を取り締まる部署の筆頭捜査官だそうだ。

櫛目(くしめ)の通ったアッシュブロンドに、極上のエメラルドを思わせるダークグリーンの瞳。

王立学院きっての英才は、卒業後、最年少で王宮入りするや、二十五歳の若さでひとつの部署を任されるという有能ぶりを見せつけた。

おまけに、いずれは父の後を継いで侯爵になるという、娘を持つ親にとってはこれ以上ないほどの優良物件だ。

かつてお父様がダメ元で私との婚約を打診し、秒で断られた過去がある。

——と、そんなことはおいといて。

私は「もちろんですわ」と頷いた。

帳簿確認の件である。

「では、グスマン様は帳簿をご覧になっていてくださいませ。今から私が売った品物を申し上げますので、該当するものにチェックを入れていけば確認がとれますわよね？」

「理屈ではそうなるが、レディ。帳簿は全部で五ページもある」

イサーク様の抗議に構わず、私は目を閉じて売ったものを列挙していった。

「まずはアンダーウェアからまいりますわね。さきほどイサーク様がご覧になったシルクサテンのピンクのパニエが一点。クリーム色のチュールのパニエが一点。クリームイエローのビスチェが一点。サーモンピンクのコルセットが一点……」

前世で勤めていたジムでは、在庫管理と棚卸も私の仕事だった。どの棚に何がいくつ残っているのか、映像とセットで憶えておくのは、私のちょっとした特技である。

メリサと一緒に整理したクローゼットの棚を、ひとつひとつ頭の中で思い浮かべながら順番に挙げていく。

「続いて、私が子ども時代に着ていた衣類にまいります。すべて一点物ですので、点数は省かせていただきますね。クリーム地に赤の小花柄のワンピース。淡い黄緑のブラウスと同色のスカートのセット。葬儀用の黒のワンピース。クリームイエローの冬用コート……」

ぱらり、とページを繰る音を聞きながら、私は数々のアイテムを、種類別に淀（よど）みなく挙げていった。

「……以上、一二四点ですわ。おそらく漏れはないかと存じますが」

乾いた喉をレモネードで潤してからそう言うと、イサーク様もダリオも、半ば呆（あき）れ、半ば驚いたような顔でこちらを見ていた。

「こいつは……」

「これは……」

「「驚いた」」

そう言う声がハモっている。

イサーク様が、ぱたりと帳簿を閉じた。

「ご協力に感謝する、リドリー嬢。密輸に関する密告は、どうやら誤りだったようだ」

「ふん。だから最初からそう言ってるだろうが。用が済んだらさっさと帰れ」

しっしっ、と手を振るダリオには目もくれず、イサーク様は興味深げに私を見た。

「それはそうと、リドリー嬢。あなたはここへ何をしに？」

王都を南北に貫くリブリア河を境に、街の景観はがらりと変わる。

王宮を始め、名のある貴族のタウンハウスが集まる西岸は、手入れの行き届いた公園や、美しく整備された街路の脇に洒落たブティックやカフェが立ち並び、いかにもハイソな雰囲気だ。

これに対し、中規模以下の商店や民家、精肉場や市場や娼館街が無秩序に入り混じる東岸は、活気はあるが場所によっては治安も悪い、混沌としたエリアだった。

ダリオの倉庫は東岸の、それも――イサーク様によれば――相当ガラの悪い地区にあり、普通なら伯爵家の令嬢が頻繁に出入りするような場所ではないらしい。

そんなわけで、YOUは何しに商会へ？　というイサーク様のもっともな疑問に答えようと、私が口を開きかけたとき。

「お・待・た・せ～！」

バアン！　とオフィスのドアが開き、ピンクブロンドの縦ロールにきんきらきんのラメドレスを着込んだカミーユが、スキップしながら現れた。

思わず椅子ごと後退るイサーク様には目もくれず、肩に担いだ布地の山をどどんと床に積み上げる。

「ごめんなさいねえ。あれだけ上物ばっかり見せられると、つい目移りしちゃってぇ。これ全部、つけで買いたいんだけど、いいかしらぁ」

「ああ、いいぜ。何たって、天下のリドリー伯爵家のお嬢さんが後ろ盾だ。間違っても取りっぱぐれはないからな」

そうなのだ。さっきイサーク様をやりこめた件で機嫌を良くしたダリオは、つけ払いの件を二つ返事で承諾した。

「それじゃ、嬢ちゃん。こいつが借用書だ。ここにサインをもらおうか」

――ん？

「借用書？　サイン⁇」

ここへ来て、私はふいに前世のことを思い出す。

たとえ友人が相手でも、借金の保証人には絶対なるな――。

私は慌てて借用書の文面に目を通した。

「これって……」

カミーユが買った商材費、〆て一千万シルを、三ヶ月以内に返済できなかった場合、私、パトリシア・リドリーが、利息も含めその全額を肩代わりすることになってる――っ⁉

「待って、待って。今回仕入れる布地の予算は、三百万シルのはずでしょう？」

慌てて詰め寄る私に、

「え。でも、いずれは全色買い揃えることになるんだしぃ」

何が悪いの？　と無邪気に首を傾げるカミーユに、頭が痛くなってくる。

「現時点で確定している注文は、お父様の式典服とシルヴィア様のイブニングドレス、それにヘイデン様の騎士服一式だけでしょう？　その売上だけで一千万も払えるの？」

「えっと、他にもたくさん注文が来れば……」

「仮に注文が来たとして、返済期限まで三ヶ月しかないのよ。裁断から仕立てまで、全部あなたがやるんでしょ？　たったの三ヶ月で、一体何着作れるの？」

「そ、それは……」

私の見幕に、プロレスラーのようなカミーユの巨体が次第に小さくなっていく。

「第一、どうやって追加の注文を取るつもり？」

「そ、そこはほら、アタシの評判を聞きつけた誰かがそのうち……」

「馬鹿っっ!!」

バアン！　と両手でダリオのデスクを叩くと、未記入の借用書がひらりと宙に舞い上がった。

カミーユが「ひっ！」と息を呑んで縮こまる。

「もうちょっと先のことを考えて行動しなさいよ！　そんなんだから、バスケスにいいように搾取されたり、横領の罪を被せられたりした上に、〈メゾン・ド・リュバン〉を追い出されて、挙句に詐欺まがいのやり口で上客を横取りされるのよ！　才能もガタイもあるくせに、何でそんなに悪い奴に毟られ放題されてるのよっ！」

はあはあはあ。

荒い息をつきながら、我に返ってあたりを見ると。

涙目になったカミーユは、ずぶ濡れになった子熊のように両肩を抱いて震えており。

ダリオはにやにや笑いながら、デスクに胡坐をかいており。

イサーク様は——何やら眉を寄せ、考えに耽っているようだった。

「リドリー嬢」

「……はい」

やっちまった。

次期侯爵様の面前で、めっちゃ怒鳴り散らかしたことに、今さらながら気づいたけれど、どうせ私の評判なんて、落ちるとこまで落ちている。

開き直って返事をすると、イサーク様から出てきたのは、予想外の言葉だった。

「今の話を、もう少し具体的に聞かせてほしい」

「——と、おっしゃいますと？」

「君の言葉が事実なら、〈メゾン・ド・リュバン〉のバスケスは、脱税および虚偽の告訴、それに商取引法違反を働いていたことになる。捜査の結果次第では、そこの……あー……」

縦ロールの髭マッチョに胡乱な眼差しを向けるイサーク様に、「カミーユです」と教えて差し上げると、イサーク様は咳払いをして続けた。

「カミーユに、未払いの給金、冤罪に対する賠償金、および顧客を奪われたことに対する損害賠償金が支払われるはずだ。細かい数字は計算してみないとわからないが」

そこで、イサーク様の唇の端が、かすかに上がったように見えたのは、おそらく、きっと気のせいだろう。

「……合計すれば、概算で一千万シルは超えるだろう」

びりり、と紙を裂く音に振り向けば、ダリオが借用書を真っ二つに破いていた。

悪党面の商会主は、私と目が合うと「チッ」と舌打ちしてみせる。

「世間知らずのお嬢ちゃんから、うまいこと巻き上げてやろうと思ったのによ」

私はカミーユと顔を見合わせ……。

次の瞬間、手を取り合って歓声を上げた。

——その後。
〈メゾン・ド・リュバン〉のオーナー、ユーゴ・バスケスは、多くの従業員に対する給与未払い、売上金の横領、その罪をカミーユに被せたこと、他にも山のような余罪がばれて逮捕された。
訴訟は今も続いているが、賠償金は莫大(ばくだい)な額になり、バスケスは〈リュバン〉の店舗も土地も手放さざるを得なくなった。
結果、いっせいに職を失うことになった〈リュバン〉の従業員を引き取り、分割払いで店を買い取ったカミーユが、彼自身のブティック〈ジョリ・トリシア(可愛いパトリシア)〉を立ち上げるのは、もう少し先のことになる。

その背後に、脱税・密輸取締局の筆頭捜査官イサーク・グスマンの水際立った活躍があったことはいうまでもない――。

16 残念令嬢とトレーニングギア

「お嬢様の今朝の体重は……一七五ポンドと二五オンスでございます」

「っしゃあっ！」

メリサの声に、思わずガッツポーズする。一七五ポンドは、約七九キログラム。ついに八〇キロを切ったのだ。

（見た目は相変わらずでぶだけど……）

ドロワーズのウエストに、こぶしが入る隙間ができた。

ウォーキングの効果が出てきたのか、足首も細くなってきた。

何より嬉しいのは、ここ数日でめきめき運動に慣れてきたことだ。

最初は一〇秒もキツかったプランクが、三〇秒までなら姿勢をキープできるようになった。

両脚を使ってのカーフレイズが、壁に手をつかなくてもできるようになった。

目を閉じての片足立ちも、左右どちらも三〇秒以上立っていられるようになった。ボケの心配がひとまず消えて一安心だ。

「……となると、そろそろ道具が欲しくなってくるのよねえ……」

本格的なマシンが欲しいとは言わない。でも、せめて基本的なトレーニングギアくらい揃えたい。

ダンベルは水を入れたワインボトルで、ベンチは椅子で代用できるが、他にも今、切実に欲しい

ものがあった。

「いい感じの輪っかと紐（ひも）、どこかに転がってないかしら……」

前世で私が大好きだったトレーニングに、吊り輪（サスペンション）を使う種目がある。

天井から下げた二つの輪っかを両手でつかんで斜め懸垂をしたり、両足を通してプランクしたり。

身体（からだ）の一部が宙に浮いた不安定な状態を自力で安定させることで、体幹やバランス感覚を効率的に鍛えられるのだ。

「輪っかと紐、でございますか？」

不思議そうに首を傾（かし）げるメリサに、私は「そう」と頷（うなず）いた。

「手首や足首が入るサイズの輪っかと……なければ、頑丈なロープでもいいんだけど」

手足を通す輪の部分は、天井から吊（つ）るしたロープの先を結んで輪っかにすれば、おそらく代用できるだろう。

「ロープでしたら、庭師の道具がお庭の物置にございますが……」

とメリサが言うので、早速見てみることにした。

「わざわざおいでにならなくても、部屋までお持ちしますのに」

と渋るメリサを押し切って物置まで来たのにはわけがある。

せっかく道具が揃っても、天井から吊るせなければ意味がないのだ。

シャンデリアの金具があれば吊るせるかもしれないが、あいにく我が家の照明器具は、すべて壁掛け式のランプだった。

その点、物置のような実用本位の小屋ならば、

「やっぱり！　梁がむき出しだわ！」

私は歓声を上げた。

天井を横切る頑丈な梁になら、長いロープを引っかけられる。

「――で、これをこうしてこう！」

ロープの端にひとつ輪っかを作る。結ぶときに失敗して、ちょっと大きくなっちゃったけど、その分は残りのロープの長さで調節すれば問題なし。

梁に梯子を立てかけて、即席のギアを梁に引っ掛ける。

反対側の輪っかは、高さを決めてから作るつもりだ。

まずは斜め懸垂を試すつもりで、梯子の上からロープの高さを調整していたら、物置小屋の入口に、お父様がひょっこり現れた。

「パトリシア、そろそろ朝食の時間だぞ。こんなところで何をして……っ！」

息を呑んだお父様の顔が、みるみる蒼白になっていく。

「おおおお落ち着け、パトリシア！　いいか、そのまま動くんじゃないぞ。何があったか知らないが、話ならちゃんと聞くからな！」

（――あ）

私は、改めて自分の姿を見下ろした。

手には片側を輪にしたロープ。それも、ちょうど頭が通るくらいの大きさの。

ロープの端は梁にかかり、私は梯子にのっており――……。

「ちっ、違いますわ、お父様！　これはお父様が思ってらっしゃるようなことでは全然なくて……っ」

違うんですのよ――っ！

という私の絶叫は、本館の食堂まで聞こえたらしい。

――と、後からピアースが教えてくれた。

「……というようなことがありまして」

私の話に、シルヴィア様は「まあ！」と榛色（ヘイゼル）の目を見張り、ころころ笑い出した。

「それは、リドリー閣下もさぞ驚かれたことでしょうね」

カミーユのドレスを贈って以来、シルヴィア様はしょっちゅう我が家に遊びに来るようになった。

まだ十二歳の妹を心配してか、そういう時は兄のヘイデン様も必ず一緒に来るけれど、客間に足を踏み入れたのは初回だけ。今は毎回、門前まで引き返しているそうだ。

何でも、一度は私との婚約を断ったのに、今さら足しげく通ってくるのはいかがなものか。と、お父様にやんわり釘を刺されたらしい。

「断ったのはお母様で、当時、お父様と遠征に出ていたお兄様は、そういう話があったことさえ知らなかったそうですけれど」

あー……。まあ、お母様的には、こんなのが息子の嫁なんて絶対無理って思いますよねー……。

ひそかに納得する私をよそに、シルヴィア様は「それで？」と目を輝かせた。

「パトリシア様が作ろうとした鍛錬器具は、本当はどんなものですの？」

私は紙にさらさらとトレーニングギアの絵を描いてみせた。

二股になった長いストリングの先に、手や足を入れるための輪がついている。

もう一方の端には、天井の金具に引っ掛けるためのカラビナがついていたけれど、こっちの世界では鉤みたいなもので十分代用できるだろう。

「紐のところは、本当はベルトになってるといいんですよね。長さが調節できますから。あと、この輪っかは、手でつかんだり足首をのせたりするので、半円形がベストです」

シルヴィア様は、私が半円形に描き直した吊り輪をじっと見つめていたが、やがて何かを思いついたように顔を上げた。

「これって鐙じゃありませんの？」

「鐙……」

「そうですわ。それに、この長い紐部分は、馬具のベルトを改造すれば作れそうな気がしません？」

「！　言われてみれば、確かに！」

さすが騎士団長のお嬢さん。そして、若い子の頭の柔軟なこと。噂（うわさ）では、今年九歳になる王女殿下のご学友に選ばれたそうだが、それも納得の賢さだ。

「でしたら、うちの父や兄が贔屓（ひいき）にしている馬具屋がありますの。よろしければ、パトリシア様にご紹介するよう、お兄様に頼んでおきましょうか？」

――という経緯を経て、翌日、私はいそいそと教えられた場所に出かけていった。

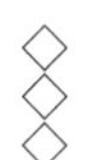

王都を流れるリブリア河の西岸。

街路の白い石畳に、等間隔に植えられた並木の影が涼しげに揺れる。

艶（あで）やかなドレスが飾られたブティックや、重厚なドアの前に門衛が立っているような、超高級宝飾店。

ドレスアップした紳士淑女がうふふおほほとさんざめくオープンカフェ。

そこは、王都でもとびきりおしゃれなスポットのど真ん中だった。

珍しい赤い大理石で作られた三階建て。

磨き抜かれたショーウィンドウに展示されているのは、黒光りする革に宝石をちりばめた絢爛豪華な鞍や手綱。下手なドレスより高価そうな、絹や天鵞絨仕立ての馬着など。

（ですよねー……）

いやしくも、騎士団長様の御一家が贔屓にするような店なのだ。

「馬具屋」と聞いて、勝手にそこらのスポーツショップを想像した私が馬鹿だった。

考えてみたら、あの超ハイブランドのグ○チやダ○ヒル、エル○スだって、最初は馬具を売ってたもんね？

どうしよう。

間違っても、ウォーキング中にふらっと立ち寄れる店じゃない。

そう。お察しのとおり、今日の私はまたまたコットンのスポーツウェアに、スポドリの水筒を斜めがけした園児のお出かけスタイルなのだ！

（出直そう）

私は秒で決断し、太った身体が許すかぎり素早くターンを決めた。

決めた、のだけど。

その私の背後から、「パトリシア様？」と誰かが声をかけてきた。

残念令嬢とブランドショップ

シルヴィア嬢の紹介で、ブルクナー家御用達(ごようたし)の馬具屋にやってきた私。

だが目当ての店は、王都の中でもとびきりのお洒落(しゃれ)スポットに聳(そび)え立つ、超ハイブランドショップだった。

そんな場所に、首にはタオル、肩からスポドリ斜め掛けという幼稚園児の遠足スタイルで来てしまった私は、秒で尻尾を巻いて逃げ出そうとしたのだが……。


「パトリシア様？」

聞き覚えのある声に、反射的に身体(からだ)が凍りついた。

嫌がる首を無理やり動かして振り向けば、一人の令嬢が目に入る。

緑色がかったブロンドに、逆三角形の尖(とが)った顎。全体的に小ぶりなその姿は——。

「……ジャネット様」

ずん、と胃袋が沈みこむような感覚とともに〈パトリシア〉の記憶がよみがえる。

ジャネット・ファインズ。

良質なダイヤモンド鉱山を領地に擁するファインズ伯爵家の末娘で、王立学院時代の同級生だ。

そして入学から卒業まで、パトリシアを執拗(しつよう)にいじめ抜いた令嬢たちの一人だった。

入学初日に「でぶ」と言われて人前で盛大に泣きわめき、慰めてくれたクラスメイトに威張り散らすというダメダメムーブをかましたパトリシアは、即座にクラスでハブられた。

さらに、学期始めのテストでは学年最下位、マナーやダンスの授業でも毎回醜態を晒(さら)すにいたって、クラスメイトたちのパトリシアに対する態度は、おおむね「無視」か「いじめ」に二分された。

育ちが良く、頭の出来も性格もそれなりにできた生徒たちは、はなからパトリシアには目もくれず、特にいじめもしない代わり、積極的に手をさしのべもしなかった。

だが、彼ら彼女らよりも家柄や頭の出来が一段劣る子どもらは、なまじ大事に育てられ、いじめに耐性のなかったパトリシアが反撃してこないのをいいことに、彼女を体のいい餌食(サンドバッグ)として、ことあるごとにいたぶった。

ジャネット・ファインズ伯爵令嬢もその一人だ。

――そして今。

街中で偶然私(パトリシア)を目にしたジャネットは、獲物を見つけたハイエナのように舌なめずりしながら寄ってきた。

「お久しぶりねえ。お元気？　何でも、先日はまた婚約相手の方に逃げられたとか。私たち皆、パトリシア様は今頃どうされてるかしらって心配してましたのよ」

「………」

私が返事をしないでいると、ジャネットは焦れてきたのだろう。どことなくネズミを思わせる黒い小さな瞳を尖らせた。

「ちょっと。こっちが話しかけてるんだから、返事くらいしたらどう！」

私はふっと笑みを漏らす。

可哀そうなパトリシア。三年間も、こんなつまらない子に怯えていたなんて。

〈私〉の目を通して見る記憶の中のジャネットは、パトリシアとは別の意味で残念な令嬢だった。自分より身分の高い令嬢に媚びへつらい、その取り巻きに加わることで虎の威を借る、典型的なスネ夫タイプ。

というのも、彼女の家は伯爵家ではあるものの、母親は元々ファインズ伯爵が経営する宝飾店の売り子であり、それが正妻だった伯爵夫人を追い出して後妻におさまった、ともっぱらの噂だったからだ。

そんなことを私が思い出している間にも、ジャネットはまだ何か言っていた。

「大体何なの、そのドレス！　そんなみっともない恰好で、うちの店の前をうろつかないでくれる？」

――ん？　うちの店？

私は、改めて目の前のセレブなブランドショップに目をやった。

赤大理石のエントランスには、金文字で店名が刻まれた黒いプレートが埋め込まれている。

〈セルドール　ファインズ〉

「ええ、そうよ。倒産寸前だった馬具工房の〈セルドール〉を、私の父が買い取ったの。おかげで、少し前まで革臭くてダサかったお店が、このとおり華麗に生まれ変わったってわけ。何たって、あのヘイデン・ブルクナー様お気に入りの店ですもの。それに恥じない店構えにしなくちゃね」

そういえばジャネットは在学中、ヘイデン様の熱烈なファンだったっけ。

私はやれやれと肩をすくめた。

教えてくれたシルヴィア様には悪いけど、私が探しているのは、こんな宝石ギラギラの気取りまくった店じゃない。

もっとこう、庶民的というか、気軽に商品を手に取れるような……。

カツカツという軽快な蹄(ひづめ)の音が街路を近づいてきたかと思うと、見事な鹿毛の大きな軍馬が私たちのそばで立ち止まった。

「やあ、パトリシア嬢。店の場所はちゃんとわかったかい？」

ひらりと舗道に降り立った人を見て、ジャネットが悲鳴のような声を上げる。

「へ、へへ、ヘイデン様っ!?」

「その恰好、遠くからでもすぐわかったよ。今日も鍛錬？　熱心だね」

ヘイデン様は、ジャネットの存在などまるで意に介さない様子で、さっと私にエスコートの腕を差し出した。

「妹が君に〈セルドール〉を紹介したと聞いてね。君さえ良ければ、一緒に見て回ってもいいだろうか」

ジャネットが黒い目を驚愕に見開き、私とヘイデン様を等分に見比べる。

「ああっ、あのあの、へ、ヘイデン様は、パトリシア様とはお知り合いで……？」

私はスポーツウェアの裾をつまみ、ヘイデン様に丁寧にお辞儀した。

「ありがとうございます。ですけど、こちらのお店は、私などにはちょっと高級すぎて……」

「そそっ、そんなことは全っ然！　ございませんわ！　ささ、お二人ともどうぞお入りになって！」

ジャネットがエントランスの階段を駆け上がり、ドアを大きく開け放つ。

だがヘイデン様は私の手を取ると、店には向かわず、横手の路地を指さした。

「心配ないよ。父も僕もこんな仰々しい店は嫌いだ。本来の〈セルドール〉は、知り合いの職人が作ったこじんまりした店だった。店舗はファインズ伯爵が買い取ったようだが、工房はまだこの裏にあるんだ。ちょっとわかりにくい場所だから、よければ僕が案内するよ」

なるほど。そういうことなら……。

「ぜひ、お願いいたしますわ」

そう言うと、私はありがたく、ヘイデン様の腕に手を置かせていただいた。

ジャネットに向かって、胸の内でこっそり舌を出しながら。

18 残念令嬢と入学式の思い出

お洒落な建物に挟まれた、細い路地の奥の奥。古びた木のドアを押すと、からん、と真鍮のベルが鳴った。

革独特の匂いがこもる、こぢんまりした店のつきあたりに飴色のカウンター。壁には鞍や手綱や、その他、私には用途のわからない様々な品物が無造作に掛かっている。

乱雑だけど気取らない雰囲気に、私はほっと息をついた。

これこれ。こういうお店を探してたのよ！

「いらっしゃいませ」

カウンターの奥の扉から、革のエプロンをかけた若い女性が現れた。

ミルクティのような色の髪に、優しそうな焦げ茶の瞳。

その人は、私をひと目見るなり「あっ」と声を上げて立ちすくんだ。

「パ……リ、リドリー様」

「フローレンス様……」

彼女はフローレンス・シンクレア。

王立学院で、ほんのいっとき、パトリシアの友だちだった人だった。

◇◇◇

『誰だよ、あのでぶ女』

あれは入学式の朝。

十三歳のパトリシアは、王立学院の講堂にぽつんと一人で座っていた。

周りには、自分と同じ制服を着た大勢の少年少女たち。

皆、誰かしら知り合いがいるらしく、楽しそうに笑ったり喋ったりしている。

そんな子たちの会話の中に、どうすれば入っていけるのかわからず、きょろきょろしていたパトリシアは、ふと、一人の少年と目が合った。

赤味がかったブロンドの、見るからに気の強そうなその子は、パトリシアを見るなり、尖った犬歯をのぞかせて大声で言ったのだ——。

「うっわ、すっげえでぶ！　誰だよ、あのでぶ女！」

皆の視線が、いっせいにパトリシアに集中する。くすくすという笑い声に、頬がかっと熱くなる。

どうしていいかわからなくなって、パトリシアは「うわーん！」と声を上げて泣き出した……。

（……って）

何やってんのよ、パトリシア――!!

自分の記憶を辿った私は、今さらながら、羞恥に全身を掻きむしりたくなった。

十三歳といえば、前世なら中学一年生。

中学生にもなって人前でギャン泣きとか、マジないわ。

周囲がドン引きする様子が、まざまざと目に浮かぶ。

だが、さすがというか、育ちのいい子どもたちの中には、相手の心を思いやれる優しい少女もちゃんといた。

「あの、あなた、大丈夫？　どうぞ泣かないで。私のハンカチを貸して差し上げますわ」

ミルクティ色の髪を三つ編みにしたその子は、丸々と太ったパトリシアの背中を撫でながら、優しく言ってくれたのだ……。

「ん？　二人は顔見知り？」

ヘイデン様の声に、私ははっと我に返った。

ミルクティ色のおさげの少女は、同じ色の髪を品良く結い上げた、大人の女性になっていた。

「一年の時、同じクラスだったフローレンス様ですわ。シンクレア子爵のご令嬢の」

私の言葉に、ヘイデン様は「ああ！」と声を上げた。

「思い出した。久しぶりだね、シンクレア嬢」

「ご無沙汰しております、ブルクナー様。今はフローレンス・セルドールでございます」

そう言って頭を下げたフローレンス様の左手の薬指には、革細工の指輪が嵌まっていた。

「あいにく主人は出ておりますので、私がご用を承ります」

「…………」

そっか。フローレンス様はこの店に――平民の家に嫁いだのか。

慣れた手つきで戸棚からぶあつい帳簿を出す彼女を見て、私は何だかしんみりしてしまった。

この国の貴族は、伯爵以上と子爵以下の間に明確な格差が存在する。

伯爵以上の家柄は、建国時代以前から王に仕えていた家臣たちの末裔だ。

一方、子爵以下はそれ以降の時代に叙爵された、いわば新興貴族だった。

今でも宮廷では、陛下に直接謁見できるのは伯爵以上、子爵以下は控えの間までしか入れないというルールがあるくらいだ。

そして時代が下るにつれて、新興貴族である子爵と男爵の間にも、奇妙な格差が生まれていた。

貴族としては最下位の男爵位は、優れた業績をおさめたり、関係部署に多額の袖の下を送ったりすれば、平民でも比較的容易に手に入る。

そのため家格は低くても、宮廷でそれなりの地位についていたり、もともと資産家だったりと、わりあい羽振りのいい家が多い。

これに対し子爵家は、貴族の肩書こそあるものの、上位貴族ほど良い領地に恵まれず、宮廷での地位も、うまみのある官職は高位貴族や実力派の男爵に奪われて、内実はかなり厳しいことが多かった。

そのせいか、最近は裕福な男爵家や平民に婿入りしたり嫁いだりする子爵家の子女が後を絶たないという……。

ヘイデン様が、私をカウンターのほうに押し出した。

「今日のお客は僕じゃなく、パトリシア嬢のほうなんだ」

「かしこまりました。どういった馬具をご所望ですか？」

礼儀正しく穏やかな微笑を浮かべながらも、フローレンス様の態度はどこかよそよそしい。

（ですよねー……）

彼女の優しさにつけこんで、さんざん勝手なことをやらかしたのだ。

フローレンス様的には、私の顔なんて、二度と見たくもなかっただろう。

「えっ、と。実は、こういうものを作っていただきたいんだけど……」

忸怩たる思いを抱えつつ、私は用意してきた手書きのメモをおずおずとカウンターに広げた。

「紐の部分はなるべく丈夫な革で、輪の部分には鐙をつけて……」

そのときだった。

からんからんからん！

店のドアベルが喧しい音を立てたかと思うと、一人の若者が千鳥足で入ってきた。

質素だがきちんとした身なり。ただし、店の奥にいてもはっきりわかるほど、酒の匂いをさせている。

若者は、おぼつかない足取りで二、三歩歩いたかと思うと、どさりと床に転がった。

「イアン!?」

「あなた！」

ヘイデン様とフローレンス様が、驚いた声を上げて駆け寄っていく。

若者は、真っ赤な顔で床に伸びたまま、呂律（ろれつ）の回らない口調で叫んだ。

「駄目だった。訴えは却下された。工房はもうおしまいだ！」

「意匠登録？」

「……はい」

「本日閉店」の札がドアにかかったセルドール工房のカウンターにて。

ヘイデン様の顔を見て、一気に酔いが醒（さ）めたらしいイアンは、フローレンス様が持ってきた水のコップを両手で抱え、ぽつぽつと経緯を話しだした。

今をさかのぼること七十年。

イアンの祖父、ジャック・セルドールが王都に開いた馬具工房は、王宮勤めの騎士たちを相手に、着々と売上を伸ばしていった。

その後、ジャックが当時の王妃のために製作した女性用の鞍が貴婦人方の間で大流行。〈セルドール〉は王都の一等地に店を構えるまでになる。

ジャックが考案した鞍は、その後も改良に改良を重ね、〈セルドール〉を支える主力商品となった。

さらに、三代目のイアンの手になる馬具一式がヘイデン様の目にとまり、ヘイデン様がこれを父の騎士団長に推薦。王宮騎士団の制式馬具に採用され、その功績でイアンを男爵に、という話まで出たのだが――……。

「去年の今頃、法廷からいきなり呼び出しが来たんです。登録済の意匠を、うちが無断で使っていると」

見せられた書類に描かれていたのは、まぎれもなく祖父が考案し、代々〈セルドール〉が作り続けた婦人用の鞍だった。

法廷で受けた説明によれば、今後この図と同じデザインの鞍を作るには、登録者に使用料を支払わねばならず、すでに納品した分についても、登録時まで遡って支払いが必要になるという。

「わけがわかりませんでした。何でうちの商品を売るために、赤の他人に金を払わなきゃならんのか」

だが、書類は正規の手続きを踏んで作られており、従わなければイアンのほうが法的に罰せられるという。

「腹が立ったので、それからは婦人鞍の製作を一切止(や)めることにしました。収入は減りますが、うちの商品は他にもあるので」

王宮騎士団から大口の注文が入ったばかりということもあり、そのころのイアンはまだ強気だった。

請求された使用料の全額を一気に払い、騎士団の仕事に取り掛かったのだ。

ところが……。

「馬具一式も、意匠登録されたのね」

私が言うと、イアンはがっくりうなだれた。

「ぐずぐずしてた俺が悪いんです。家内(フローレンス)の言うことを聞いて、あの時すぐにうちが意匠登録しておけば……っ！」

フローレンス様が、夫の背中をいたわるように優しく撫でる。

何年も前、大声で泣いていた太っちょの女の子を撫でてくれたように。

「けど、俺はただの馬具職人で役人じゃない。商売に困らん程度の読み書きはできても、あんな難しいお役所の書類をきちんと書いて出すなんて……そんな暇があったら、一つでも二つでも馬具を仕上げるほうがいいと思ったんだ……！」

男泣きに声を震わせるイアンの背中越しに、フローレンス様と私の眼(め)が合った。

「申し訳ございません、リドリー様。ご覧のとおりの有様ですので、今日のところはお引き取りいただけますか？」

そう言って深々と頭を下げたフローレンス様を、私はとてもきれいだと思った。

「――にしても、困ったね」

工房からの帰り道。

ぽくぽくと馬を引きながら、ヘイデン様が気の毒そうにつぶやいた。

「イアンが表通りの店をファインズに売ったと聞いた時には、まさかここまで困窮しているとは思ってもみなかった」

二つの意匠を登録したのはファインズ伯爵。あのジャネットの父親である。

騎士団からの大量注文は今さら断るわけにいかず、イアンはやむなく莫大な使用料を支払うことを承知した。

だが騎士団の馬具の代金は、すべての納品が済んでからでないと入らないのに対し、使用料は前払いだ。

度重なる出費がたたり、資金繰りに困ったイアンは、ついに店を手放さざるを得なくなった。

さらに、事情を知らない貴族たちは、イアンの工房ではなく表通りの〈セルドール　ファインズ〉で買い物をするため、本家の〈セルドール〉の売上は大幅に落ち込んだ。

今では出入りの職人たちに賃金を支払うのもままならず、フローレンス様がお針子の内職などをして、細々と家計を支えているという。

「助けてやりたいのは山々だけど、うちは全員、書類仕事はからっきしだからなあ……」

あのブルクナー騎士団長でさえ、書類仕事は副官の人に丸投げだそうだ。

「法律、それもお金関係の話だろう？　細かい財務に明るい文官の知り合いでもいれば、口をきいてやれるんだが――」

「……財務？」

きゅぴーん。

その時、私の脳裏にある人物の顔が閃（ひらめ）いた。

19 残念令嬢の追跡劇

パトリシアのかつての同級生、フローレンス・シンクレア子爵令嬢が嫁いだ馬具工房〈セルドール〉。

その主力商品である婦人用の鞍と、王宮騎士団制式馬具の一式が、ファインズ伯爵によって意匠登録されてしまった。

そのせいで苦境に立たされた〈セルドール〉を何とか助けられないか、という話から、私は財務に明るそうな、ある人物を思い出したのだが――……。


「はい漕いでーっ、ヨー、ソイ！　ヨー、ソイ！　ヨー、ソイ！」


毎度おなじみ、王都を流れるリブリア河。

――の、ど真ん中を一艘のボートが行く。

船首に優美な白鳥の首がついた、二人乗りの遊覧ボートだ。

前世の観光地によくあるスワンボートは、ペダルのついた足漕ぎ式だが、この世界のボートは手漕ぎ式だ。

私の正面、進行方向に背を向けて、鬼のような形相で必死にオールを漕いでいるのは、財務大臣直轄、脱税・密輸取締局の筆頭捜査官、イサーク・グスマン様だった。

向かい風に吹き散らされた髪を押さえて振り向けば、五、六メートル後方に、ピンクや黄色、紫や水色の白鳥——と言っていいのかどうか、とにかく私たちのと同じ型の遊覧ボートが群れをなして追いすがってきている。

「頑張ってくださいませ、グスマン様！　このままでは追いつかれてしまいますわ！　はい漕いで！　ヨー、ソイ！　ヨー、ソイ！　ヨー、ソイ！」

トレーナー時代にしみついた習慣で、めっちゃ景気よく声を掛けながら、私はふと遠い目になった。

（一体どうしてこうなった……）

イサーク様の名前を出すと、ヘイデン様はなぜか微妙な顔になった。

「グスマン捜査官か。もちろん、彼ほどの人物なら申し分ないが……。でも、彼は以前、君の婚約者候補だったのだろう？」

「よくご存じですのね。その通りですわ」

秒で断られたけどな！

笑いをとるつもりでそう言ったら、ヘイデン様は「だめだ」と首を横に振った。

「旧知の友のためとはいえ、君にそこまで辛い思いをさせるのはしのびないよ」

「あら、全然辛くなんてありませんわよ？　第一、グスマン様とはもう何度もお会いしてますし」

その途端、ヘイデン様は愕然とした表情で立ち止まった。

「会っている？　グスマン捜査官と？　もう何度も？」

「ええ。例のカミーユの一件で」

そうなのだ。

バスケスにいいように騙されたことからもわかるとおり、カミーユは法的手続きやお金のことになると壊滅的にダメだった。

見るに見かねて必要な書類作りを手伝い始めたものの、私だって素人だ。

仕方なくイサーク様にわからないところを聞きに行ったら、

「カミーユ、いや、カミロ・サントスを手伝っている？　君が？　そんなもの本人にやらせればいいものを。どこまでお人よしなのだ！」

と、ひとしきりガミガミ言われた挙句、それでも丁寧に教えてくれた。

カミーユが〈メゾン・ド・リュバン〉を買い取るにあたり、私が保証人になる代わり、共同経営者という形で経営権と利益を折半するように助言してくれたのもイサーク様だ。

おかげで、今や私はブティックの共同経営者だ。

それはともかく、〈セルドール〉のほうに話を戻そう。

イアンの話を聞いたその日のうちに、私はイサーク様に使いを送り、いつものようにダリオの事務所か〈メゾン・ド・リュバン〉で相談に乗ってもらおうとしたのだが……。

「嬢ちゃん。うちの事務所は待合室じゃないんだ。それでなくても、脱税・密輸捜査官なんぞにうろちょろされちゃ、うちの評判に傷がつく」

と、ダリオには渋い顔をされ。

「ごめんなさぁい。〈メゾン・ド・リュバン〉はこれから大規模な改装工事に入るの。職人さんが大勢出入りするから、しばらく使えないわよぉ」

とカミーユにも断られ、私ははたと困ってしまった。

普通ならイサーク様を我が家にお招きするなり、私があちらに出向くなりすればいいようなものだが、私たちの間には、以前に一度お父様が婚約を申し込み、あちらから断られたという経緯がある。

私がお招きするにしろ、イサーク様を訪ねるにしろ、貴族同士の付き合いとしては、少々外聞が悪いのだ。

だからこそヘイデン様も、毎回わざわざ偶然を装って私に会いに来るわけで……。

「でしたら、散歩にお誘いするのはいかがでしょう?」

今回も、いいアイディアを出してくれたのは有能侍女のメリサだった。

「場所は、そうですね……。リブリア公園でしたら、ばったり知り合いに出くわしても、さほど不自然ではないかと存じます」

「まあっ！　リブリア公園でお散歩？　あのイケメン捜査官と？」

グローブのような両手の指を、二つに割れた顎の下で乙女な感じに組み合わせ、カミーユが嬉しそうに割り込んできた。

「それで、それで？　当日はどんな格好で行くつもり？」

「……あ」

そうだ、そういえばその問題があった。

侯爵閣下のご嫡男と散歩、しかも人目の多い公園ときては、さすがにスポーツウェアというわけにはいかない。

「実は、例のダークネイビーのデイドレスも、ロイヤルパープルのシュミーズドレスも、最近緩くなっちゃって。忙しいところ悪いんだけど、少しお直しして欲し……」

私が言いかけるやいなや。

「はあっ？　アナタまさか、そんな古着のリメイクでお出かけする気じゃないでしょうね？　冗談じゃないわ。ちょっとこっちにいらっしゃい！」

問答無用で腕を摑まれ、どこからともなくしゅるしゅると現れた巻き尺で、あっという間に採寸が始まった。

「で、でも、カミーユはお父様の式典服と、シルヴィア様のイブニングドレスを最優先で仕立てなきゃ……」

「アタシを誰だと思ってるの？〈リュバン〉時代は王宮夜会のたびに、何十着ってドレスを仕立ててたのよ！　それにね」

カミーユが言うには、閉店した〈リュバン〉のお針子たちが、昔馴染みのカミーユを頼って、続々と集まっているらしい。

「そんなわけで、人手なら足りてるから大丈夫。アタシにどーんと任せなさい、どーんと！」

――ということがあった二日後、イサーク様との約束の日。

朝一番で届いたドレスは、ミッドナイトブルーの一枚布に、涼やかなスノーホワイトのシフォンを重ねた、前世でいえばギリシア風のドレスだった。

コルセットもパニエもいらない分、動きやすいし涼しそうだ。

おまけに足もとはグラディエータースタイルの革サンダルで、長く歩いても足に負担がかからない。

さすがカミーユ。汗っかきの私に、救世主みたいなドレスを作ってくれた。

と、能天気に私が喜んでいたら。

ドレスを見たメリサとアトキンス夫人に、突然変なスイッチが入ったらしい。

「せっかくですから、お髪も少し華やかな感じにいたしましょう」

「最近はお肌の調子も良いようですから、少しお色をのせましょうか」

いやいや、そんな気合を入れても、今日は単に捜査官のお知恵を借りにいくだけだし、必要な話が済んだらすぐに退散するし、第一体重七〇キロ台後半の残念令嬢がどうめかしこんだところで……という私の声はことごとく無視された。

そんなこんなでお昼過ぎ。

ぴっかぴかに磨き上げられた私は、リドリー伯爵家の馬車に乗り、待ち合わせのリブリア公園に向かった。

二十二歳の年増（としま）であっても、私（パトリシア）は未婚女性。なので、侍女のメリサが付き添い（シャペロン）として同行するならわしだ。

――とまあ、ここまではよかった。

問題が発生したのは、公園でイサーク様と落ち合った後である。

今日のイサーク様は、淡いベージュのスーツに黒紫のベスト、それよりやや明るめの紫のポケットチーフといういでたちだった。

さすがイケメン、何を着ても様になる。

「リドリー嬢」

「グスマン様。お忙しいところ、お呼び立てしてしまってすみません」

「いや。話の内容からして、直接会って話したほうが早く済みそうだったからな」

と挨拶を交わした場所は、公園内の遊歩道。

緑溢れる敷地のあちこちに、やはり散歩に来たらしい紳士淑女の姿が見える。

ピクニックだろうか。芝生に広げたブランケットに座り、笑いさざめく令嬢たち。

木陰に飴色のイーゼルを立てて、写生に励む画家らしき男。


――異変に気がついたのは、歩き始めてしばらく経ったときだった。


視野の隅を何かがかすめたように思い、何の気なしに振り向いた私は、いつの間にか自分たちの後ろに、着飾った男女の長い列ができているのを見て肝をつぶした。

ひえっ、と変な声が出た私の横で、イサーク様が苦虫を噛み潰したような顔になる。

「まずいな。場所が悪かった」

「グスマン様。一体これは……」

「…………」

気まずそうに黙り込むイサーク様。

と、目立たないようについてきていたメリサが、すっと寄ってきて耳打ちした。

「おそらくですが、グスマン閣下とお近づきになりたい皆様ではないかと」

「なるほど」

貴族社会で生き抜くためには、人脈の太さがものを言う。

女性なら、力のある相手に嫁ぐことで。

男性なら、力のある相手に仕えることで。

社交界の厳しい生存競争を生き抜く確率が上がるのだ。

「今のところ、グスマン閣下に釣り合う家柄の方はいらっしゃらないようです。なので、ああして閣下からのお声掛けを待っているのかと」

この国の宮廷作法として、下位の貴族は上位の貴族に自分から話しかけてはならないというルールがある。

イサーク様は、この国に五つしかない侯爵家のご嫡男。

彼より先に話していいのは、侯爵家か、侯爵家と同格の辺境伯家、そして公爵家と王族だけである。

——ん?

でも私(パトリシア)は伯爵令嬢。伯爵家の出身者なら、普通に話しかけられるんじゃゃ……。

イサーク様も同じことに気づいたらしい。

「申し訳ないが、少々足を早めてもいいか?」

「望むところでございます」

幸い、今日のドレスはコルセットもパニエもなしの一枚布だ。足元もぺたんこサンダルで、歩幅を開くのに何の支障もない。

「では」

互いに目と目を見交わすと、私たちは同時に歩くスピードを上げた。

一拍遅れて、後続の集団もピッチを上げる。

こうして、緑滴るリブリア公園で、前代未聞の追いかけっこが始まった。


ザッザッザッザッ。

さかさかさかさか。


時は初夏。

リブリア公園は王都でも屈指の観光スポットだ。そこで大勢の男女が繰り広げる異様な追跡劇（チェイス）は、いやでも人目をひきつけた。

一組の男女が、およそ散歩とは程遠いスピードで遊歩道を歩いていく。

その後に、色とりどりのドレスを着た令嬢たちや、流行のスーツに身を包んだ紳士たちが、散歩の体を装いつつも、明らかに不自然な速さで追いすがる。

「先頭はロワン男爵ご令嬢ミルフィーユ様、カバネル子爵ご令嬢ソフィア様、ダントン男爵ご令嬢ロザリー様。続きましてエマニュエル子爵ご令嬢イモラ様、ルブレ子爵ご次男アントン様……」

よどみない口調で実況中継するのは、滑るような足取りで、私たちの三歩後からついてくるメリサである。

「おっと、ここで先頭のミルフィーユ嬢に異変が発生！　立ち止まって靴を脱いでいらっしゃいます。靴擦れでしょうか。アントン様が立ち止まり、どうやら介護に当たられるようです」

「……君の侍女はなかなか優秀だな、リドリー嬢」

並んで歩くイサーク様が言った。

「恐れ入ります」

と私。

つくづく、ウォーキングを続けていてよかった。

おかげで、今のところ、イサーク様のペースにも何とかついていけている。

「先頭変わりましてソフィア様。三位につけていたロザリー様はずるずる後退、後方集団に飲み込まれていきます。代わって追い上げてきたのはオーランド伯爵ご三男ジョージ様。イモラ様は堅実に三位をキープ……」

この頃には、公園中の人たちが、何事かと私たちに注目していた。

中には、木陰に立てたイーゼルをわざわざ沿道に移動して、スケッチを始めた人もいる。

「ここでイモラ様がスパートをかけます。ジョージ様がすかさずイモラ様をエスコート。ソフィア様にぐんぐん迫り、今！　先頭に躍り出ました！」

なぜか沿道から拍手と歓声が上がる。

いやいや、これ別にレースじゃないから！

ていうか、この調子だと、いつまで経ってもイサーク様と落ち着いて話なんてできやしない。

「これでは話どころではないな。どうしたものか……」

イサーク様も同じ考えらしい。

と、行く手の木立を透かして、きらりと光る水面が見えた。

リブリア河である。

白鳥を模した小型のボートが、のんびりと川面を漂っている。

「グスマン様!」

呼びかけてボートを指させば、イサーク様はにやりと笑った。

「いい考えだ」

貸しボートは二人乗りだったので、メリサは岸に残ってもらった。

イサーク様がオールを操り、川の真ん中に漕ぎ出したあたりで、後続集団も続々とボートで繰り出してくる。

穏やかな川面が、またたく間に、赤やピンクや紫や、黄色やペパーミントグリーンなど、様々な色で埋めつくされた。

どのボートも、申し合わせたように漕ぎ手は男性、後部座席が女性である。

あぶれた男女が何組か、川岸からうらめしげに見守る中、私たちのボートは流れに乗って、滑るように川下へと走りだした。

「さて、お訊ねの件についてだが――」

ふう、と一息つくと、イサーク様はおもむろに切り出した。

「こちらでも少し調べてみた。結論から言うと、ファインズ伯爵の意匠登録に違法性はない。登録された意匠と同じ製品を作るのであれば、先に規定の使用料を支払うべきだし、すでに同等の製品を売ってしまった場合、その分の違約金が発生する」

「そんな！」

元はといえば〈セルドール〉が作った物なのに……。

「残念ながら、法といえども完璧ではないのだ、リドリー嬢」

イサーク様が諭すように言う。

「それに〈セルドール〉が先に意匠登録を出したとしても、どのみち受理はされなかっただろう」

「えっ？」

「この国の法律では、意匠登録ができるのは、男爵以上の貴族だけだからだ」

セルドール家は代々平民。そこへ嫁いだ子爵令嬢のフローレンス様も、今は平民扱いだ。

「イアン・セルドールについては、少し前に叙爵の話が出ていたが、ファインズ伯爵から意匠権侵害の訴訟を起こされ、敗訴して白紙に戻されている」

ということは、今後〈セルドール〉がいくら優れた製品を出しても、利益の大半はファインズ伯爵家に――あのジャネットの家に入ることになってしまう。

ていうか、そんな未来が見えていて、イアンは今後も何かを作り出そうという気になるだろうか。

真っ昼間から飲んだくれていたイアンを思い出し、私は暗澹（あんたん）とした気分になった。

何とか二人を助ける手立てはないものか……。

と、私が重いため息を落としたとき。

「パトリシア様――っ！」

いやに聞き覚えのある甲高い声が、川面を渡って聞こえてきた。

振り向けば、後続のボートたちが、かなり近くまで追いついてきている。

先頭を走るボートから、黄味がかったブロンドの令嬢が大きく手を振っているのを見て、私は思わず「げげっ」と淑女（レディ）らしからぬ声を上げてしまった。

同時に、なぜかイサーク様まで盛大に嫌そうなため息をつく。

――ん？

「もしかして、グスマン様も彼女のことを……」

「もしや、リドリー嬢も彼女のことを……」

ご存じですか、と訊ねた声が見事にハモった。

イモラ・エマニュエル子爵令嬢。

王立学院時代、ジャネット同様、私をいじめていたグループの一人である。

そして、彼女は校内でも有名なイサーク様の追っかけ、というか、前世でいえば立派なストーカーだった。

イサーク様の在学中は、教室の外や校門で出待ちするのが当たり前。

卒業後もイサーク様が出席される舞踏会や夜会には必ず現れるばかりか、一度などはメイドに変装してグスマン侯爵家のタウンハウスに忍び込もうとしたところを現行犯逮捕されている。

不意にボートの速度が上がった。

見れば、イサーク様が鬼のような形相でオールを漕いでいる。

「申し訳ない、リドリー嬢。あのご令嬢とは金輪際、顔を合わせたくないのだ」

私はぐっと右手の親指を立てた。

「奇遇ですわね。私もです」

というわけで、トレーナー時代に培った掛け声とともに、私たちのボートはぐんぐんスピードを上げていった。

そのころ。

リブリア公園の遊歩道沿いで、一心不乱に絵筆を動かす男がいた。

時代遅れの白い鬘（かつら）を被（かぶ）り、あちこちに絵の具の飛んだスモックを着た彼の前には、使い込まれた飴色のイーゼル。

そこには、緑滴る木立の中を駆け抜ける男女の姿が、躍動感あふれる見事な筆致で描かれていた。

休みなく絵筆をふるいながら、男はしきりにぶつぶつとつぶやいている。

「精霊（ニュンパイ）たちの疾駆。いや、豊穣の女神（デメテル）の逃走のほうがいいか？　だが『豊穣（ほうじょう）』というと秋のイメージがあるからな……」

ウィリアム・ローズ・ワイト。

ケレス画壇に彗星のごとく現れ、後世、謎多き天才画家として数々の憶測を呼ぶことになる彼の、出世作となった一枚の絵——「ふくよかな精霊」誕生の瞬間だった。

20 残念令嬢とお父様

トマトの赤もあざやかな冷製スープ。

それを一口味わうなり、お父様が「ほう！」と感嘆の声を上げた。

「これは懐かしい。ガザズ王国の郷土料理だな？」

「はい。以前、御前に教えていただいたレシピに少し手を加えてみました」

「なるほど。本国ではトマトと大蒜、パンと塩だけの素朴な味つけだったが、そこに玉葱とキュウリ、パプリカを加えて風味を出したわけか」

「いかがでしょうか」

「見事だ。美味しいよ。王宮の料理人にも、これほどの物は作れまい」

「そんな。もったいないお言葉でございます」

料理人のジョーンズ夫人が、少女のように頬を赤らめてもじもじしている。

うん。

お父様はもう少し、ご自分の外見の破壊力を自覚したほうがいいと思うんだ。

「美味しいよ」のとこだけ口調を崩して笑いかけるとか、あれ全部素でやってるもんなあ……。

余波を食らったパーラーメイドのシャーロットまで、壁際で胸を押さえて悶絶している。

――最近、我が家の食卓がえらいことになっている件について。

お父様が私の真似（まね）をして、出された料理の感想を言うようになった。

おかげで、もともと腕のいいコックだったジョーンズ夫人のモチベが爆上がり。

最近は、お父様が海外の赴任先で食べた料理を片っ端から調べ上げ、その再現と改良に血道を上げている。

ひょっとすると、お寿司（すし）やカレーみたいな料理さえ、そのうち食卓に載るかもしれない。

「ところで、パトリシア。私に何か話があるそうだな？」

お父様の声に、私ははっと居住まいを正した。

「はい。実は先日〈セルドール〉という馬具工房で……」

リブリア公園でボートチェイスを繰り広げたあの日。

首尾よく皆を振り切った後、イサーク様に何とか〈セルドール〉を救う手立てはないか訊（き）いてみたものの、はかばかしい返答は得られなかった。

「申し訳ないが、私は正直者を救う手立てを考えるより、法を破った者たちを捜すほうが得意らしい」

ただし、そう言った後でイサーク様は、

「法律のことなら君の父上に相談してみては？　長年、外務大臣を務めるリドリー卿（きょう）のことだ。内外の法律にも精通しているだろう」

という、至極もっともなアドバイスをくださった。

言われてみればそのとおり。灯台下暗しというやつだ。

そんなわけで、朝食の席でお父様に相談してみたのだが……。

「なるほど、意匠法か。あれは確か、ファインズ伯爵が少し前に通した法案だったな」

ひととおり話を聞き終えたお父様は、しばらく何か考える顔をしていたが、やがて、

「後で私の執務室に来なさい。資料をいくつか出しておこう」

そう言うと、背後にピアースを従え、上機嫌な足取りで食堂を出ていった。

今朝のスープが、よほどお気に召したらしい。

もちろん、私は知らなかった。

執務室に向かうお父様とピアースが、こんな会話を交わしていたなんて。

◇◇◇

「旦那様、スキップはおやめください。貴族としても大臣としても品位に関わります」

「だがな、ケニー。見たか？　最近のあの子の愛らしいこと！　おまけに学院時代の友人を助けたいとか、我が娘は天使か？　天使なのか？」

「パトリシア様は、もともと愛らしいお嬢様ですよ。ただ……」

——ただ、誰にも顧みられなかっただけで。

幼馴染(おさななじみ)の執事の想(おも)いは、口に出さずとも主人に届いたらしい。

リドリー卿は静かに頷(うなず)いた。

「そうだな。今後は、父としてあの子をもっとよく見てやるべきだと思う」

「そうなさいませ。あのご様子では、遠からず求婚したいという殿方が大勢出ていらっしゃるでしょうし」

「えっ！」

リドリー卿の足がぴたりと止まる。

「何を驚くことがありましょう？　とうにお気づきかと思いますが、最近のお嬢様は、日に日にセレーナ様のお若いころに似てきていらっしゃいますよ」

執事が見上げた廊下の先には、リドリー卿の亡き妻の肖像画がかかっていた。

純金の髪に紫水晶(アメジスト)の瞳。白磁の肌に整った顔立ち。宮廷画家たちが女神(ミューズ)と崇(あが)め、宮廷詩人たちが競って十四行詩(ソネット)を捧(ささ)げた美貌の王女は、ある日一人の若き伯爵と嵐のような恋に落ちた。

国中を騒がせたその恋模様(ロマンス)は今も、当時を知る者たちの間で語り草となっている。

「待て待て。確かあの子の目方は……」

「メリサが申すには、お嬢様の今朝の体重は一六七ポンド（約七六キログラム）だったそうです。

この調子で減らしていけば、来シーズンには同じ年頃の淑女方と同じくらいまで引き締まってお いでしょう」

「むう……」

難しい顔で黙り込む主人を、ピアースはかすかな微笑を湛えて見守った。

「どうした、コル。今さら嫁に出すのが惜しくなったのか？」

「そんなことはない！　断じてそんなことはないぞ。だが、せめてもう少し……」

もう少しだけ、手許で慈しみたいと思うのはこの父の我儘だろうか。

幼馴染の主人の想いは、わざわざ口に出さずとも、有能な執事には筒抜けだった。

21 残念令嬢、暗躍する

「では結局、〈セルドール〉の婦人鞍や騎士団の馬具一式を取り戻す方法はないってことですか」

お父様に借りた資料を熟読すること一週間。

ヘイデン様とカミーユとともに、私は再び〈セルドール〉を訪れていた。

「ないわけじゃないわ。現状では厳しいけれど」

何日もかけて読み込んだ資料によれば、意匠権を維持するにはそれなりにコストがかかる。毎年、意匠局に登録料を納めなければならないからだ。それとは別に、手数料や管理費も発生する。

つまり、多くの意匠権を長年にわたって独占しようとすれば、その分維持費も嵩んでくるわけだ。

結果、登録料が支払えなくなれば、その時点で意匠権は消失。

あるいは登録した製品が売れなくなり、維持費に見合う使用料が取れなくなれば、申請者が自分から登録を取り下げることもある。

目下〈セルドール〉の婦人鞍と馬具一式の意匠権を握っているファインズ伯爵が、このいずれかの理由で登録を抹消すれば、〈セルドール〉は使用料を払うことなく自社製品を売れるようになるのだが……。

〈セルドール〉の現オーナー、イアン・セルドールはため息まじりに首を振った。

「無理でしょう。今や婦人鞍と騎士団の制式馬具は〈セルドール　ファインズ〉の目玉商品だ。それを独占できる権利を、そう易々と奴らが手放すはずがない」

「ですよねー……」

何年かして売上が落ちれば、登録は取り下げられるかもしれない。でも、その時になって同じ物を〈セルドール〉が売り出したところで何になるって話である。

というか、現時点で〈セルドール〉はすでに工房を手放すかどうかの瀬戸際なのだ。

「というわけで、私からの提案なんだけど」

ごとっ。

私は二つの品物をカウンターに置いた。

一つは、私がこの前〈セルドール〉に発注した吊り輪型のスポーツギア。

もう一つは、イサーク様と公園に行った時に履いていたグラディエーターサンダルである。

「さっき、この二つを私名義で意匠登録してきたの。〈セルドール〉でこれを作って売る分には、使用料は要らないわ」

「……どういうことですか？」

それまで黙って話を聞いていたフローレンス様が、初めて口を開いた。

「使用料を払わないなんて、それじゃ私たちが法律違反で逮捕されるんじゃ……」

「ごめんなさい。説明の仕方が悪かったわね。正確には、使用料はちゃんといただくことになっているのよ。ただし、それはお店の利益が出てからね」

私は、持ってきた紙をカウンターに広げて説明した。

「たとえばこのサンダルを売る場合、一足作るのに一〇シルかかるとしましょう。これを一〇〇シルで売れば、利益は九〇シルになるわね。その一割、九シルを使用料として私に納めていただくわ。ただし、年末までにこの店が一万シル以上の利益を出せなければ支払いはなし。来年も再来年も同じようにしていって、利益が一万シルを超えた時点で、初めてサンダルの利益の一割を使用料として払ってほしいの」

もちろん、これらの数字はすべて説明のために単純化したものだが、

「どうかしら。仕組みはわかっていただけて？」

「…………」

「…………」

イアンとフローレンス様は、黙って考え込んでいたが、やがてイアンが口を開いた。

「つまり、うちの店が十分な利益を上げるまで、使用料の支払いを待ってくださるということですね？」

「そう！　その通りよ！」

よかった。理解してもらえたみたい。

〈セルドール〉がここまで追い詰められたのは、商品を売って利益が出る前に使用料を取られてい

たからだ。

しかも、ファインズ伯爵が設定した使用料はべらぼうに高く、婦人鞍なら一〇〇個以上、制式馬具にいたっては、実に五〇〇組以上売らなければ〈セルドール〉に利益が出ない仕組みになっていた。

なので、私はファインズ伯爵よりずっと低い使用料、かつ、利益が十分に出てからの後払いという条件を提示したわけだ。

だが、夫婦の表情はまだ晴れない。

「お話は大変ありがたいです。けど、そもそもこの二つが売れてくれないことには、利益も何もないですよね？」

イアンの言いたいことはわかる。

ヘイデン様に聞いたところ、騎士団には打ち込み用のカカシみたいな人型や、ダンベルに似た重りのような鍛錬器具はあるものの、吊り輪型のトレーニングギアなんて見たことも聞いたこともないそうだ。

またカミーユによれば、南方のガザズ王国はまだしも、この国の人たちはサンダルなんて滅多に履かないらしい。

つまりこの二つの商品を作ったとしても、売れる未来が見えないのだ。

――今はまだ。

「ええ。ですから、これからこの二つの商品を流行の最先端にしますのよ」

私の言葉に、イアンとフローレンス様は不思議そうに顔を見合わせた。

そんなことがあってから、数日経ったある日の午後。

リブリア公園の木陰で、二人の女性がピクニックを楽しんでいた。

ひとりは艶やかな栗色の髪にくっきりとした目鼻立ち。今一人は、ダークブロンドに榛色の瞳の美少女だ。

いずれもギリシア風のチュニックドレスをふんわり着こなし、足元は柔らかそうな革サンダルに包まれていた。

本格的な夏の訪れを感じさせるその日、降りそそぐ日差しはことのほか強く、コルセットで締めつけたドレスで散歩に来ていた令嬢や貴婦人たちは、日傘や扇で暑さをしのぎながら、見るからに涼しげな二人の装いにちらちらと羨望の眼差しを向けている。

やがてひとりの令嬢が、ピクニック中の二人に近づいて声をかけた。

「ごきげんよう。シルヴィア様」

ダークブロンドの美少女――シルヴィア・ブルクナーは、愛想よく相手に微笑みかけた。

「まあ、メアリ様、ごきげんよう！　よかったらこちらでお茶をいかが？」

「嬉しいですわ。喜んで！」

メアリ嬢はピクニックに加わり、しばらく当たり障りのない会話が続く。

それから、メアリ嬢はさりげなく視線をシルヴィア嬢のドレスに向けた。

「ところでそのドレス、とっても素敵ですわね。どちらでお仕立てに？」

とたんに、近くにいた令嬢や貴婦人たちが、一斉に聞き耳を立てる気配がした。

シルヴィア嬢はにっこりと微笑む。

「うふふ。褒めていただけて嬉しいですわ。こちら、〈メゾン・ド・リュバン〉が入っていた建物に、最近新しく入ったブティックがありますでしょ？　〈ジョリ・トリシア〉っていうんですけど……」

そこへ、どこからともなくイーゼルを担いだ大男がぬっと現れた。

「失礼、美しいお嬢さん方。少々ものを訊ねたいのだが……」

女性たちはぎょっとして、この不意の闖入者を見つめ返す。

やけに体格のいいその男は、鳥の巣のように乱れた白い鬘が顔の上半分を覆い隠し、かろうじて見えるのは、嘴のように尖った鼻と、無精髭が目立つ口許だけだった。しわくちゃのスモックにも、粗末なズボンにも、あちこち絵の具が飛んでいる。

メアリ嬢はさっと立ち上がった。

「ごきげんよう、シルヴィア様。あたくしはこれで失礼しますわ」

そうして、後も見ずにそそくさと去っていく。

一方、シルヴィア嬢はしばらくの間、男の顔を穴が開くほど見つめていたが、やがて小さく息を呑んだ。

「せ、摂……っ！」

　その声を遮るように、男が大仰に一礼する。

「申し遅れました。私はウィリアム・ローズ・ワイト。ご覧のとおり、しがない絵描きでございます」

「………」

　絶句する少女の背後から、それまで静かに控えていたブルネットの女性――メリサが近づいてきてシルヴィア嬢の耳に口を寄せた。

「ウィリアム・ローズ・ワイト様といえば、今年の王立アカデミーで金賞を取られた新進気鋭の画家でいらっしゃいます。イーゼルの絵を拝見するかぎり、ご本人に間違いないかと」

「いかにも。間違いなく私が描いた絵です」

　愉快そうにそう言うと、ワイトは人好きのする笑顔を二人に向けた。

「ところでお嬢さん方。先日こちらの公園で、見事なレースを繰り広げたふくよかな女性をご存じかな？　ちょうど、今のお嬢さん方と同じドレスを着ていたのだが」

◇◇◇

　また別のある日。

王都の一等地に建つブティック〈ジョリ・トリシア〉では、やや小太りの女性客が採寸を済ませた帰り際、一人の売り子(マヌカン)を熱心に見つめていた。

ギリシア風のチュニックドレスに、足をすっぽり包み込む革製サンダルを履いたその売り子は、大理石の床の上を滑るように歩いている。

「おお、マダム。これにお気づきになるとはお目が高い」

イケメンモードのカミーユがすかさず近づき、耳に快いバリトンで賛辞を送った。

「こちら、今シーズン最新のモードでございます」

「そうね。王都でも若いお嬢さん方が着ているのを何度か見かけたわ」

暗に、歳(とし)のいった自分には似合わないだろうと仄(ほの)めかす中年の女性客に、カミーユは、

「そんなことはございません」

と店の壁を指し示した。

そこには最近売り出し中の画家、ウィリアム・ローズ・ワイトの手になる「精霊(ニュンペ)」シリーズの最新作が、金縁の額におさまって飾られている。

ややふくよかな精霊が、白いチュニックにサンダルを履いて森の木陰で休んでいるところだ。

「実は、あの絵のモデルはマダムではないかと店の者たちが噂(うわさ)しておりまして」

「あらやだ。まさか！」

否定しつつも、まんざらでもなさそうな女性客。

「でも、せっかくだからこのドレスも仕立ててもらおうかしら。靴も一緒にお願いできる？」

「もちろんでございます。こちらの革サンダルは〈セルドール〉のものをご提供しておりまして。こちらでもお取り寄せできますが、今なら〈セルドール〉の店舗まで送迎サービスを行っておりますよ」

カミーユの視線を追って外を見れば、窓の向こうでは一頭の白馬に引かせた瀟洒な馬車が舗道際で待機している。

「あら、気がきくこと。それじゃ、せっかくだから〈セルドール〉にも行ってみようかしら」

「かしこまりました、マダム。それではどうぞ、こちらへ」

女性客をうやうやしく送り出すと、カミーユはにんまりとほくそ笑んだ。

さらに別のある日、ケレス王宮の一角にある屋内演習場――。

鍛錬にやってきた騎士たちは、打ち込み用の藁人形や、鍛錬用の錘の奥で、何やら見慣れない道具と格闘している第三部隊の隊長を見て「またか」という顔になった。

「隊長、また新しい鍛錬道具を買われたので？」

「ああ。どうだ、君たちもやってみるか？」

ブルクナー騎士団長の次男ヘイデン・ブルクナーは、騎士団でも有名な鍛錬好きだった。

前世でいう筋トレマニアである。

兵士や騎士の訓練といっても、そのほとんどが素振りと打ち込み、実戦さながらの打ち合いしかないこの世界で、ヘイデンは珍しく肉体そのものの強化に重きを置いていた。

身体能力に優れた者は、闘いにも強い。

さらに負傷しにくく、騎士として現役でいられる年数も長い。

若くしてそのことに気づいたヘイデンは、やがて騎士や兵士の肉体を強化する独自のトレーニングメソッドを確立。後世「ケレス武術の父」としてその名を馳せることになるのだが、それはまた別の話。


訓練場でヘイデンが使っていたのは、天井の梁から下がる奇妙な吊り輪だった。

二股に分かれた紐の先にはそれぞれ鐙型の金具がついており、手で握ったり足首を通したりできるようになっている。

「ここに片方ずつ足首を通し、背筋を伸ばして両手で身体を支える」

説明しながら、ヘイデンは実際にやってみせた。

両足が宙に浮いた状態で、肩と踵を結ぶ直線が地面と平行になるよう真っ直ぐ保つ。

プランクの上級種目である。

——が、部下たちの目には、隊長が変な恰好で地面に這いつくばっているようにしか見えなかった。

「この姿勢を崩さずに、そうだな……ゆっくり百まで数えられるか？」

「簡単でしょう、そのくらい」

　案の定、ひとりの若者が馬鹿にしたように鼻を鳴らした。

　ヘイデンは起き上がり、掌（てのひら）についた土をぱんぱんとはたくと、その若者ににっこり笑いかける。

「よし、マックス。それじゃやってみせてくれ。それともう一人……そうだな、ドラン。もう一つのほうでやってみてくれないか？」

「俺っすか」

　進み出たのは、第三部隊でも古参の騎士だった。歳のころは四十過ぎ。剣はともかく、槍（やり）の腕では隊長のヘイデンをも凌（しの）ぐといわれるベテランである。

「こういうのは、若い者（もん）のほうが得意だと思いますがねえ」

　ぶつくさ言いながらも、おとなしく吊り輪に両足を通すドラン。

　一方マックスは、はなから馬鹿にしきった様子で、

「百なんて大したことないっすよ。俺なら千はいけますね」

　などとイキっている。

「あ、てめ、馬鹿っ！　そんなこと隊長の前で口に出したら……っ」

　ドランが慌てるが、もう遅い。

　案の定、ヘイデンは目を輝かせ、

「では千にするか！」

　と言った。

見物している隊員たちからは、「あーあ」「やっちまったよ」「ドランもとんだとばっちりだな」などという声が上がる。

「数は僕がかぞえよう。先に姿勢を崩したほうが負けだ。両者、準備はいいか？　では――始め！
一、二、三、……」
もしもこの場にパトリシアがいたら、「そんなに長くやらなくていいから！」と悲鳴のような声を上げただろう。

「正しい姿勢で最初は十秒、それを二、三秒おきに五セットくらいで十分ですからぁ！」

と。

だが「できるか？」と煽られれば「できるもん！」と反射的に答えてしまうのが男の子。

そして目新しいおもちゃを前に、相手よりも長くできたほうが強いしエラいしカッコいいと無意識に思い込んでしまうのもまた、男子の性というものだ。

騎士になりたてのマックスはもとより、古参のドランにしたところで、相手より先に音を上げるつもりはさらさらない。

かくして、訓練場では時ならぬプランク対決がスタートしたのだが……。

彼らにとって不運なことに、この宙吊りプランク、見た目の地味さに反してめちゃくちゃキツい種目であった。

その後――。

王都の貴婦人たちの間ではグラディエーターサンダルが、城の兵士たちの間では〈吊り鐙〉と呼ばれるようになった鍛錬器具が、爆発的に流行り始めた。

おかげで路地裏の〈セルドール〉は、工房を売却するどころか、職人たちを全員呼び戻し、作業場を拡張しても間に合わないほどの繁盛ぶりだ。

一方、表通りの〈セルドール　ファインズ〉では――……。

「お待たせしました、マドモアゼル」

ジャネット・ファインズが、カウンター越しに一人の少女と向き合っていた。

「本日はどういったものをお求めですか？」

訊ねながら、素早い一瞥で相手を品定めする。

歳のころは九、十歳といったところだろうか。妙に大人びた顔をした少女は、一昔前に流行した白い巻き毛の鬘を被り、薄水色のシンプルなワンピースに、「S」のイニシャルを象った細い金のネックレス以外、何の飾りもつけていなかった。

身なりや言葉遣いは貴族のようだが、通りに停めた古くさい馬車といい、これまた時代遅れの白い鬘をつけた従僕らしき大男の質素な恰好といい、どう見てもせいぜい子爵クラス。それも、壊滅的な服装センスからして地方貴族の娘に違いない。

そんな田舎の小娘が、最初に応対に出た店員ではなく、オーナーであるジャネットをわざわざ呼びつけるとは、身の程知らずにも程がある。が、こちらも客商売である。

世間知らずの小娘に、せいぜい王都の格式を見せつけてやるか、と、ジャネットは愛想のいい微笑みを浮かべた。

「アクセサリーか何かをお探しですか？　でしたら、二番街のファインズ宝飾店をお勧めします。よろしければご案内――」

「横乗り鞍(サイドサドル)を」

少女がぴしゃりとジャネットの言葉を遮った。

「これまで使っていたのが小さくなってしまったの。新しいのをいくつか見つくろってちょうだい」

「……っ。かしこまりました。横乗り鞍でございますね」

（何よ、えらそうに。ったく、これだから田舎者は）

胸の中で毒づきながらも、店員に言いつけて、横乗り鞍をいくつか持ってこさせる。

ドレスを着た女性が騎乗する際、足を掛けて固定するための角鉤(ホーン)と呼ばれる突起がついた横乗り鞍は、〈セルドール〉の創始者であるイアンの祖父が考案した傑作だ。

本家〈セルドール〉の製品は上等な革の風合いを生かし、装飾を一切省いた無駄のないデザインだったが、ジャネットはこれに手を加え、本体は光沢のある黒革に、揃(そろ)いの馬勒(ばろく)や手綱には、ファインズ領の特産品であるダイヤモンドをふんだんにちりばめて売り出した。

当然、値段は本家〈セルドール〉のものより遥かに高く設定している。

（ふふん、どうよ？　田舎の小娘が王都のブランド品に手を出そうなんて、百年早いって思い知った？）

優越感たっぷりに相手を見れば、案の定、少女は目を丸くしてきらびやかな鞄を凝視している。

「一体、これはおいくらなの？」

ひとつひとつ値段を言うたびに少女の眉間に皺が寄り、その表情が曇っていくのを見て、ジャネットはすっかりいい気持ちになった。

おおかた、予想より遥かに高い代金に心を悩ませているに違いない。

（ま、あたしもこんな子ども相手に吹っ掛けるほど意地悪じゃないわ。ここらで少し大人の余裕を見せてあげましょうか）

「……と、本来でしたらこのお値段をいただくのですが、今回はこれほど愛らしいお嬢様にお使いいただけるということで、特別に少しお値引きを――」

「結構よ」

またしても、少女の声がジャネットを鋭く遮った。

「このようながらくたに、びた一文も支払うつもりはありません」

「な……っ！　がらくた？　がらくたですって!?」

声を荒らげるジャネットに、少女は微塵も臆することなく、

「がらくたでしょう？」

と静かな声で繰り返した。

「粗悪な革に雑な縫製。このホーンなんて、サイズも角度もでたらめで、到底乗れたものではないわ。黒光りする顔料や宝石で素人のお客は騙せても、わたくしは物心ついてからずっと〈セルドール〉の鞍に乗ってきたの。こんなもの、〈セルドール〉を名乗るのも烏滸がましいわ。今すぐ看板を下ろしなさい」

「こ……っ！」

（この小娘！　言わせておけばいい気になって！）

ジャネットはものすごい顔で少女をにらみつけたが、少女は凪いだように静かな眼差しで見返してくるばかりだ。

澄んだ紫水晶のようなその瞳を見ているうちに、ジャネットはふとあることに思い当たった。

「……はあん、読めたわ。なるほどね」

「？」

少女がことりと首を傾げる。

「あんた、あいつの回し者なんだ。妙な言いがかりをつけて、うちの店の評判を落とそうとしたって、そうは問屋が卸さないわよ」

ここへきて初めて、少女は困惑した表情を浮かべた。

「一体何を言っているの？　あいつって？」

「とぼけても無駄よ。あんた、パトリシア・リドリーとぐるなんでしょ？　それとも誰だったかしら、貧乏子爵家から〈セルドール〉に嫁いだ……そうそう、フローレンス。フローレンス・シンクレア！　しばらく前からあの二人がつるんで何かやってることは知ってるのよ。最近は妙な器具だのサンダルだのを売り出して悪あがきしているようだけど、お生憎様。婦人鞍と制式馬具の意匠権がファインズ伯爵家にある限り、いずれ破産の運命は免れないわ！」

勝ち誇ったジャネットの声が店内に響き渡る。

その間中、少女は真面目くさった顔で何やら考えこんでいたが、やがておもむろに顔を上げた。

「つまりファインズ伯爵家は、〈セルドール〉が三代にわたって作り上げた馬具の意匠権を登録することで、彼らの手から心血を注いだ商品を横取りしたばかりか、不当に儲けを得ているということね？」

「おだまり！」

ひゅ、と風を切って振り下ろされたジャネットの手は、けれど、少女に届くより早く何かに阻まれた。

それまで壁際で空気のように控えていた従僕が、素早く少女を抱き込んだのだ。

おかげで振り下ろした掌は、岩のように固い男の背中にぶち当たり、ジャネットは痛みに息を呑んだ。

従僕がゆっくりと振り返り、ジャネットの姿を上から下まで無表情に眺め回す。

「こちらの御方に手出しは無用に願います」

その声は低く穏やかだったが、どこかしら、背筋が凍りつくような響きを帯びていた。

「うるさいわね。従僕風情が生意気に！」

こみ上げてきた怒りにまかせ、ジャネットは手許にあった婦人鞍を従僕めがけて投げつけた。

けれど、この世界の標準的な鞍の重さはおおむね二二ポンド（約一〇キログラム）。日頃の鍛錬などしたこともないジャネットの力では、カウンターから払い落とすのが精一杯だった。

どさりと重たい音を立てて床に落ちた婦人鞍から、ダイヤモンドがいくつかはずれ、ころころと床を転がっていく。

「出ていって！」

怒りに震える指で出口を指さし、金切り声でジャネットは叫んだ。

「ここはあんたたちみたいなのが来るような店じゃない。出ていけ！」

お揃いの白い鬘を被った主従は顔を見合わせた。

「確かに、ここはわたくしたちのような者が出入りする店ではないようね」

「いや、まったくその通り」

二人は妙に似通った仕草で肩をすくめると、少女を先頭にすたすたと店を出ていった。

落ちたダイヤを拾おうとして、一粒足りないことに気づいたジャネットが大騒ぎするのは、それからすぐのことである。

だが、白い鬘の奇妙な主従は、それきりどこを探しても見つけることはできなかった。

22 残念令嬢、劇場に行く

「お嬢様の今朝の体重は、一六〇ポンド一五オンス（約七三キログラム）です」


と、メリサに告げられた夏の朝。

まだ涼しい今のうちにと庭の木陰で縄跳びに励む私の元に、一通の封書を銀盆に載せて執事のピアースが現れた。

「お嬢様にお手紙が届いております」

「七七、七八、ありがとう。誰から？」

縄跳びはジョギングよりも強度が高い運動だ。短時間でより多くのカロリーを消費し、太ももやふくらはぎ、腹筋や背筋など、ほぼ全身の筋肉を同時に鍛えられる。

またジャンプ系のトレーニングでは、着地のたびに骨に刺激が入る。この刺激は筋肉を支える骨の強化にも有効だ。

というわけで、最近の私は毎朝一〇〇回の縄跳びをトレーニングのルーティンに組み込んでいた。

「差出人のお名前は、スザナ・ダンカン様となっております」

「ちょっと待ってね……九八、九九、一〇〇！　いいわ、見せて」

白く無機質な封筒の表書は「レディ・パトリシア・リドリー」、裏側には「スザナ・ダンカン」

と、ややぎこちない女文字で書かれている。

私は思わず口許を緩めた。

「スザナ・ダンカン」はイサーク様の偽名である。

「過去に経緯のある者同士、今後も表立って会うわけにはいかない。だが、何かあったときのために連絡手段を決めておこう」

前回公園でお会いした時、イサーク様にそう言われたのだ。

「〈セルドール〉とファインズ家については、こちらでももう少し調べてみる」

とも。

こうして手紙が来たということは、何かしら進展があったに違いない。

私はわくわくしながら封を切り――。

出てきたものを見て「はて?」と首を傾げた。

「パルム子ども劇場昼公演、『王女と小間使い』……?」

パルム劇場は知っている。

王都の商業地区にある古いホールで、人形劇やコミカルな喜歌劇など、子ども連れでも楽しめる演目が多いため、いつしか「子ども劇場」と呼ばれるようになった、どちらかといえば庶民向けの劇場だ。

その劇場のパンフレットとチケットが送られてきたということは、ここへ来いという解釈でいいのよね?

「イサーク様にしては、やけにファンシーなチョイスだけど……」

まあ、切れ者で名高いイサーク様のことだ。私なぞには思いもよらない深慮遠謀があるのだろう。

私はおもむろにチケットをしまい、控えていたピアースを振り向いた。

「今日の午後は、パルム劇場に出かけるわ。馬車を用意してくれる？」

薄暗いホールに足を踏み入れたとたん、イサーク様がここを選んだ理由がわかった。

客がほとんどいなかったのだ。

（よほど人気のない演目なのかしら……）

ここなら密談にはもってこいだ。

がらんとした馬蹄(ばてい)形のホールは、桟敷も含め、全部で三百席ほどだろうか。

送られてきたチケットは、中ほどの列のど真ん中。

古びた赤い天鵞絨(ビロード)張りの椅子に座って待つことしばし。背後のドアが開閉する音に続いて、こつこつという足音が通路をこちらに近づいてきた。

ややあって、衣擦(きぬず)れの音とともに隣の席に腰を下ろしたのは……。

（え、誰？）

見知らぬ一人の少女だった。

大人びた顔をしているが、背格好からして、まだ九歳か十歳くらいだろうか。

緩く波打つ黒髪に、薄暗い照明では判然としないが、やはり色の濃い瞳。上等だが飾り気のないクリーム色のワンピースを着て、細い首には「S」のペンダントトップがついた華奢(きゃしゃ)な金鎖が巻きついている。

じろじろ見ていたせいだろうか。少女がふとこちらに向き直って微笑(ほほえ)んだ。

「こんにちは、お姉さん」

「あっ、こ、こんにちは」

「そのドレス、とっても素敵ですね。デートですか?」

私の今日の装いは、淡い紫のシフォンを重ねたシックなアフタヌーンドレスだった。イサーク様の調査結果を聞きに来るのに、例のギリシア風のドレスではちょっとくだけすぎかと思ったからだ。

「ううん。ある人と約束があって来たんだけれど……」

私は首を伸ばしてあたりを見回した。

そろそろ開演時間だというのに、イサーク様はまだ来ない。

(やだ、私ってば何か間違えた?)

パンフレットやチケットは実は何かの暗号で、イサーク様は今ごろどこか別の場所で私を待っているのでは……。

慌てて立ちかけた私の袖を、少女の細い手が摑(つか)んだ。

「どこへ行くの? もうじき舞台が始まるわ」

「ええ。でも私、ちょっと用事を思い出し……」

「パトリシア・リドリー」

「えっ」

（この子、どうして私の名前を知って……）

驚愕（きょうがく）する私の顔を、少女は面白そうにのぞきこんだ。

「大丈夫。待ち合わせ場所はここで合ってるわ」

「あなた、一体……」

ジリリリリリ……。

がらんとしたホールに開幕ベルが鳴り渡る。

そのさなか、少女はいたずらが成功したような笑顔で口を開いた。

「わたくしはスザナ・ダンカン。イサーク・グスマン捜査官の代理人よ」

次の瞬間、さっと舞台の幕が開いた。

『王女と小間使い』は、前世の『王子と乞食（こじき）』に似た筋立てで、王女と小間使いが入れ替わったせいで起きるドタバタを描いた子ども向けのオペレッタだ。
ただしこちらの小間使いは性悪で、自分が王女に成り代わるために、悪い大臣と手を組んで、王

女を城から追い出してしまう。

だが王女は謎めいた仮面の盗賊に助けられ、外の世界で様々なことを学んで城に戻ってくる。

この盗賊を演じた役者がすごかった。

長い手足と大きな体を存分に使ったキレッキレのダンスは体幹の強さを物語り、朗々とした深い歌声は、横隔膜と腹筋ももれなく鍛えていることをうかがわせる。

正直、私はこの役者さんが出るたびに、そっちばかり目で追っていた。

城に戻った王女は小間使いと大臣の悪事を暴き、仮面の盗賊は引き止める王女を振り切って再び流浪の旅に出る。

ジャン！　と最後の音が鳴ったとたん、私たちは二人とも観客席で立ち上がり、掌が痛くなるほど拍手した。

「すごい！　子ども向けの話だと思ってなめてたわ。感動した！」

「最後の王女と小間使いの対決シーン、見た？　かっこよかったわよね？」

「『ならばどちらが本物か、ここであきらかにいたしましょう』でしょ？　あの盗賊のダンス、圧巻だったわねえ。体幹が全然ぶれてなかったわ！」

カーテンコールが終わった後も、興奮はなかなかさめやらず、手を取り合ってきゃあきゃあ騒ぐ私達。

――って、私ってば、思わずがっつり見入ってしまったわ。

はたと我に返った私は、「ねえ」とスザナに声をかける。

「それで、イサーク様からの言づけは？」

すると、それまで目をきらきらさせて夢中でしゃべっていた少女の顔が、すん、と一瞬で表情を消した。

「はいこれ」

と渡されたのは、一面に緑青の浮いた年代物のブローチだった。

七芒星を象った金色の枠の中央に、白く濁った大きな石が嵌まっている。

「明後日の午後、二番街のファインズ宝飾店にそのブローチを持っていって、建国祭の前日までに磨いておくように言ってちょうだい。ただし、誰から預かったのかは言わずにね」

「え、ええ。わかったわ……？」

「それじゃ。確かに伝えたから」

ひらりと身をひるがえしたスザナを、私は慌てて呼び止めた。

「待って！　言づけはそれだけ？」

イサーク様は、〈セルドール〉とファインズ家について何かわかったから私を呼んだんじゃなかったの？

それっぽい伝言は何もなく、ブローチだけ渡してくるなんて。

スザナはくすりと笑い、

「ええ、伝言はそれだけよ。ではね、パトリシア・リドリー。舞台につきあってくれてありがとう。またいつか、どこかで会いましょう」

そう言うと、軽やかな足取りでホールを出ていってしまった。

幕間　残念令嬢は知らない話

ドグラス・ファインズ伯爵は不機嫌だった。

早朝、いきなり宮廷に呼びつけられたかと思えば、案内された先は執務室でも応接室でもなく、王宮の一番端にある屋内演習場だったからだ。

（ちっ。礼儀も知らん野蛮人め）

胸の中で毒づきながら、場内に一歩入ったとたん、男どもの野太い歓声と熱気がわっと押し寄せてきた。

「一〇〇一、一〇〇二、一〇〇三、一〇〇四……」

「馬鹿野郎、マックス、へばってんじゃねえ！　俺はおまえに賭けてたんだぞ！」

「頑張ってください、隊長！　あと少しで新記録です！」

この時間、いつもなら訓練に励んでいるはずの騎士たちが、なぜか全員演習場の隅にかたまって、さかんに野次を飛ばしたり、口笛を吹いたりして騒いでいる。

何事かと人垣の後ろから首を伸ばしてのぞいてみれば、そこにはあの忌々しい鍛錬道具――〈吊り鐙（あぶみ）〉がずらりとぶら下がっており、そこに何人かの騎士たちが両足を入れて、地面についた両手で身体（からだ）を支えていた。

「一〇一五、一〇一六、一〇一七、一〇一八……」

どうやら、誰が一番長くその姿勢を保てるか競争しているらしい。

見ているうちにも、騎士たちが次々脱落していく中、ぴんと伸ばした身体をぴくりとも動かさず、彫像のようにまっすぐな姿勢を保っている男が二人いた。

一人は王宮騎士団第三部隊の隊長、ヘイデン・ブルクナー。

そして今一人、この国では滅多に見ない漆黒の髪の男は——……。

「摂政殿下。お召しにより参じました」

ドグラスは人混みをかきわけ、男に呼びかけた。

ハーン公爵リーヴァイ。亡きケレス女王フランチェスカの王配にして、二人の間に生まれたステラ王女が成人するまで摂政を務める男である。

リーヴァイは地面に手をついたまま、ちらりとドグラスに目をやると、あっさり地面に膝をついた。

見守る騎士たちの間から「ああ～」と落胆の声が上がる。

「うう、俺の五〇シルが……」

「殿下、まだ全然行けたでしょう！」

「仕方あるまい。仕事の時間だ」

リーヴァイは笑いながら、重さなどまるで感じさせない動きで立ち上がり、軽く手をはたいてドグラスのほうに歩いてきた。

「やあ、ファインズ。すまんな、朝早くから」

「い、いえ。どうぞお気遣いなく」
ドグラスは、ややのけぞり気味になって答える。
（くそっ。相変わらず何て威圧感だ）
身の丈六フィート（約一八三センチ）を優に超える長身は、見事な逆三角形に引き締まり、嘴の
ように突き出た鼻と金色の瞳も相まって、巨大な猛禽類を思わせる。
女官たちの噂では、簡素なシャツに隠れたその身体には、いく筋もの凄惨な傷痕が走っていると
いう。
平和な時代が百年以上続き、細身の優男がもてはやされるケレスの宮廷にはめったにいないタイ
プだった。
「それで、今日はどういったご用向きで？」
連れ立って廊下を歩きながら訊ねると、リーヴァイは「これだ」と、懐から革の小袋を出してド
グラスに手渡した。
許可を取って口紐をほどけば、ざらりと掌に転がり出たのは、薄暗い廊下でもはっきりと輝きが
見てとれる八粒のダイヤモンド。
「これはまた……見事なものですな」
「だろう？　昔、ガザズの海賊船で賭けに勝って手に入れたものだ。これを、君の店でネックレス
に仕立ててもらいたい」
「承知しました。でしたら納期は大体三ヶ月――」

「二週間だ。王女の生誕祭で使うからな」

そうだった、とドグラスは思い出した。

今年九歳になるステラ王女の誕生日は、建国祭の初日である。

(待てよ。九歳の誕生日？　だがダイヤは八つしかない……)

何となく話の方向が見えた気がして、ドグラスはぞくりと身震いした。

「そこでだ。この八個のダイヤにもう一粒、同じようなダイヤを足して、九つのダイヤのネックレスにしてほしい」

(まずい！)

「あ、その、殿下。同じようなとおっしゃいますが、これほど大きな粒ですと……」

「だから君に頼んでいるのだ。何しろファインズのダイヤモンド鉱山といえば、品質においても採掘量においても、他の追随を許さないからな」

「はい、その、お褒めにあずかり光栄です……が、王女殿下のお誕生日に間に合わせるとなると、これほどの品質の石はなかなか……」

(なかなかどころではない。不可能なのだ！)

少し前から、ファインズ領のダイヤモンド鉱山は目に見えて採掘量が落ちていた。

かつてファインズの名を不動のものにした最高級のダイヤはおろか、今や中級以下の石すら満足に採れず、大口の注文は他国からこっそり原石を仕入れて何とかしのいでいる有様だ。

しかも輸入物のダイヤはコストが馬鹿高く、大きな声では言えないが、最近は――……。

「むろん無料とは言わん」

リーヴァイの声に、ドグラスははっと我に返った。

「同サイズ、同品質のダイヤをひとつ足して、なおかつ建国祭までに仕上げられたら、今後、王宮騎士団の制式馬具は〈セルドール〉ではなく、君のところに発注しよう」

「……っ!! ほ、本当でございますか!?」

王宮騎士団の制式馬具。

それはつまり、これまで〈セルドール〉のものだった〈王室御用達〉の看板を、ファインズ家が掲げるということだ。

王室という最大の顧客を失った〈セルドール〉は、遠からず破産するだろう。その工房も職人も、これまで培われてきた技術ごと買い上げてしまえば、ファインズ家は今や危機に瀕した鉱山業に代わる新たな産業を、労せず手に入れられるのだ!

瞬時にそこまで計算したドグラスは、リーヴァイに向かってうやうやしく頭を下げた。

「九つのダイヤのネックレス、確かに承りましてございます」

「では、仕上がりを楽しみに待つとしよう」

リーヴァイはそう言うと、有頂天のファインズを廊下に残して立ち去った。

23 残念令嬢は見た

建国祭まで二週間を切ったある日の午後。

私は気合の入ったお洒落(しゃれ)をして、二番街に向かう馬車に揺られていた。

ファインズ宝飾店は、いわば敵の本拠地だ。

間違ってもなめられたりしないように、

「できる女ふうのメイクにして」

とメリサに頼んだ結果、今日の私は黒く見えるほど濃い青のエンパイアドレスに濃いめのアイライン、ルージュは青味がかったボルドーをくっきり引いて……うん、何ていうか、「できる女」っていうより魔女みたいになっちゃったけど、これはこれで迫力があっていいと思うことにした。

やがて馬車が停(と)まったのは、二番街の角地にどどんとそびえる白亜の三階建て。

いかにもハイブランドなお店らしく、重厚なドアの両脇には、色鮮やかなお仕着せを着込んだ従僕が衛兵のように立っている。

と思ったら、そのドアが内側からさっと開き、二人の人物が現れた。

一人は燃えるような赤毛の美しい女。もう一人は緑がかった金髪の、小柄で横幅のある中年男だ。

中年男はひどく急(せ)きこんだ様子で、女に話しかけていた。

「し、しかし、万が一にもばれるようなことがあれば……」

「そう簡単には見分けがつかないことは、あなたもすでにご存じのはず。これまでに一度でも、おたくの店に苦情が来たことがあって？」

「それはそうですが、何しろ相手はあの……」

「では〈セルドール〉を諦める？」

その言葉が聞こえたとたん、私はさっと馬車の窓から顔を引っ込めた。

内容はわからないながら、二人が〈セルドール〉に関する話をしていることだけは確かだったからだ。

中年男は年恰好と服装からして、ジャネットの父、ドグラス・ファインズ伯爵に違いない。もう一人の赤毛の美女は……。

（なーんか、どっかで見たような気がするのよねえ……）

私が首を傾げるうちにも、二人の会話は続いている。

「それとも、今から国中探し回って、あれほどの宝石が見つかるとでも？」

「……わかりました」

ファインズ伯爵は、がっくりと肩を落として頷いた。

「レディ・ザイラ。大使閣下にくれぐれもよろしくお伝えください」

――思い出したぁっ！

馬車の中で、私は慌てて口を押さえ、こみあげてきた叫びを押し殺した。

赤毛の美女は、隣国マーセデスの大使の娘。

忘れもしない、転生初日の夜会の晩、元婚約者のロッドの上に、R指定ぎりぎりの恰好で乗っかっていたセクシー美人じゃないの！

◇◇◇

セクシー美人ことレディ・ザイラが馬車に乗って走り去り、ファインズ伯爵が店に引っ込んだ後も、私はしばらく馬車の中にいた。

ファインズ伯爵は、マーセデスの大使父娘と何らかの繋がりがあるようだ。

別れ際の口ぶりからして、これまでにも何度か便宜をはかってもらったことがあるらしい。

そのこと自体は、特に咎められるようなことじゃない。

マーセデスは我が国の敵ではなく、同盟国だからだ。

だけど、そのことと〈セルドール〉が何らかの関係があるとすると……？


「うん。さっぱりわからないわ」


私はあっさり匙を投げた。

こういうことは、もっと頭のいい人たち——お父様とかイサーク様とかにお任せすべき問題よね。

私はただ、イサーク様に言われたことをするだけだ。

(よっし!)

そうと決まれば、いよいよファインズ宝飾店に乗り込むぞー!

「——いらっしゃいませ」

初めて入ったファインズ宝飾店は、鏡を多用したショーケースと、その中に飾られた宝石が反射しあい、フロア中が眩く輝いていた。

応対に現れたのはファインズ伯爵ではなく、黒いドレスをシックに着こなした三十代くらいの女性である。

「本日は何をお探しですか?」

「これを綺麗にしていただきたいのだけど」

私は、手首にかけた小さなバッグから、スザナに渡されたブローチを出す。

「承知しました。アクセサリーのお手入れですね。拝見してもよろしいですか?」

そう言うと、店員は濃紺の天鵞絨張りのトレイを差し出した。

明るい場所で改めて見ると、七芒星のブローチはいかにも古臭く、金属部分を覆いつくした緑青や、あちこちにこびりついた白い塊のせいで、ひどくみすぼらしく見えた。

白手袋をはめた女性店員は、それでも丁重な手つきでブローチを持ち上げ、様々な角度から観察し始める。

やがて店員はどこからか小さなルーペを出すと、中央に嵌まった石を見始めた。

一面に白い油膜のような汚れがこびりついたその石は、大きさこそ私の親指の爪ほどもあるものの、宝石なのかただのガラス玉なのかさえ判然としない。

（イサーク様は、一体どういうつもりでこんなブローチを……）

その時、目の前の店員がはっと息を呑む気配がした。

「？　どうかしまして？」

「い、いえ。あの、しばらく……しばらくお待ちいただけますか？」

言うが早いか、店員は私の返事も待たず、店の奥に駆け込んでいってしまった。

かと思うと、すぐにファインズ伯爵と一緒に戻ってくる。

「これはこれは、レディ・パトリシア・リドリーではありませんか！　いやあ、すっかりお綺麗になられて。見違えましたぞ」

「ご無沙汰しておりますわ、ファインズ閣下」

私はしとやかに膝を曲げて会釈する。

見よ、数ヶ月におよぶ体幹トレーニングの成果を！

今はもう、ある程度踵のある靴で膝を曲げても、全然ふらついたりしないもんねー。

「お待たせしてしまって申し訳ない。さ、どうぞこちらへ。君、お茶の用意を頼むよ」

ファインズ伯爵は、やけに愛想よく私を接客スペースのソファにエスコートすると、自分も向かい側に腰かけた。

先ほどの女性店員が、ブローチののった天鵞絨のトレイをテーブルに置いて下がっていく。

「それで、本日はこちらのブローチのお手入れでしたな」

「ええ。建国祭の前日までに綺麗にしていただきたいのです」

スザナに言われたとおりに伝える。

「なるほど、なるほど。……失礼ですが、こちらのお品はどこで？」

私は肩をすくめた。

「存じませんわ」

伯爵令嬢としては、別に不自然な答えではない。毎日メリサが選んでくれるアクセサリーだって、どこで買ったものなのか、私は全然知らないのだ。

ファインズ伯爵もそう思ったのだろう。

「いや、失礼。かなりの年代物とお見受けしたもので、特別な由来でもあるのかと。……ちなみに、材質が何かはご存じで？」

伯爵の口調はあくまで柔らかく、けれどその目はどういうわけか、私のどんな些細な変化も見逃すまいと油断なくこちらに向けられているようだった。

「まあ。これは何かの試験ですの？　合格しないとお手入れを断られてしまうとか？」

私はブローチに手を伸ばした。もっとよく見ようとしただけなのだが、伯爵は慌てたように顔の前で両手を振る。

「いやいや、滅相もない！　もちろん、喜んでお手入れさせていただきますとも！　ただ、この中央のマーセダイトがあまりに見事だったもので、好奇心にかられましてな」

（マーセダイト？）

なるほど。この石はそういう名前だったのか。

とはいえ、石の名前まで知らないというのは、さすがに怪しまれそうだ。

私は何食わぬ顔で頷いた。

「そうですわね。これだけの物は珍しいのかもしれません」

ファインズ伯爵は嬉しそうに両手をこすり合わせた。

「ええ、ええ、本当におっしゃるとおりで。……さて、期限は建国祭の前日でしたな。お届け先はリドリー伯爵のタウンハウスでよろしいですかな？」

「ええ。ご面倒でなければ」

「なんの！　では、仕上がりまでしばらくお待ちください」

この言葉が終了の合図だった。

伯爵に見送られてドアを抜け、リドリー家の馬車に乗り込んだ途端、私はどっと力が抜けて座席に倒れ込んだ。

（うわあ、めっちゃ緊張した――――！）

ともかく、これでイサーク様に言われたミッションはコンプリートだ。

（帰ったらジョーンズ夫人に頼んで、今日のお茶にはスイーツを少しつけてもらおう。うん、そうしよう！）

走り出した馬車の中で、早くもスイーツは何にしようと考えていた私は知らなかった。

オフィスに戻ったファインズ伯爵が、何かのタガがはずれたように高笑いしていたことを。

「やった！　最高級のダイヤを手に入れたぞ！　これで王女のネックレスは完成、〈セルドール〉は私のものだ！　リドリーの小娘め、ダイヤ（本物）とマーセダイト（模造品）の区別もつかんとは、やはり噂通（うわさどお）りの愚物だな！」

そしてデスクの上に道具を広げ、七芒星のブローチから、中央の石をせっせとはずし始めたことを。

残念令嬢と盗賊王

日はどんどんと過ぎていき、王都もタウンハウスも（お父様の話では王宮も）、次第に建国祭一色に染まり出した。

　今年はステラ王女殿下が九歳のお誕生日を迎え、王女としては初めて公式の場にお出ましになるということで、初日は殿下のご生誕を祝う園遊会があるらしい。

「ああ、死ぬほど忙しいのに死ぬほどどうきうきするこの感じ、久しぶりだわぁ！　新しいアイディアが次から次へと湧いてきちゃって。今日でもう三日も寝てないけど、まだまだいける感じよぉ！」

　だんだら模様のドレスに身を包み、お父様の式典服を届けにタウンハウスを訪れたカミーユは、目の下にどす黒い隈を作り、裁断師というより殺人ピエロみたいになってたけれど、それでも心底幸せそうだった。

「ところでアナタ、まぁた細くなってない？」

　カミーユに訊かれた私は、「むふふ」と心持ち胸を張る。

「わかる？　今朝の体重、一五三ポンド一四オンスだったの！」

　キログラムに換算すれば、六九・八キログラム。まだほぼ七〇キロとはいえ、約半年で二〇キロもの減量をやりとげたのだ！

「んもう。ついこないだデイドレスのお直しが済んだばかりだっていうのに」

ぶつくさ言いながらも、カミーユはさっと巻き尺を出す。

「ほら、ちょっとそこに立ちなさい。採寸するわよ」

私は慌てて首を振った。

「大丈夫よ、カミーユ。ドレスは当分いらないわ。皆と違って、私は建国祭には出ないもの」

今シーズンの始め、ロッドと婚約破棄した私は、来シーズンまで社交を自粛中だ。

シーズン中、あちこちのタウンハウスで開催される茶会や舞踏会はもちろん、王宮夜会や園遊会にも軒並み欠席の返事を出している。

「あらぁ。それは残念ねぇ……」

上の空でつぶやきながらも、カミーユが繰り出す巻き尺は触手のように私にまといつき、あっという間に採寸されてしまった。

「お胸とウエストのメリハリが出てきたから、エンパイアスタイルはそろそろ卒業ね。伝統的にスカートを膨らますのもいいけれど、どうせならここは思い切って……」

見ればカミーユの眼(め)は据わり、完全にキマった顔になっている。

「ちょ、カミーユ？　カミーユ、戻ってきて！　メリサ！　ピアース！　誰でもいいわ、ちょっと来て――っ！」

……などということがありつつも、今シーズン最後の一大イベントに沸き立つ周囲をよそに、私は相も変わらずトレーニングとダイエットに精を出す日々を送っていた。

「お嬢様。スザナ・ダンカンの使いと名乗る者が来ております」

ピアースが私に告げたのは、建国祭を明日に控えたお昼過ぎのことだった。

「まあ。ちょうどよかったわ！　客間にお通ししてちょうだい」

今朝早く、ファインズ宝飾店から磨きの済んだブローチが届いた。

受け取ったのはいいけれど、これをどうすればいいのかわからない。イサーク様にお返しする？

だけどいつ、どうやって？

使いと名乗る人物がやって来たのは、まさに私がイサーク様に手紙を書こうと机に向かったときだった。

いそいそと客間に下りていくと、そこで私を待っていたのは……。

（うわ、すっごい筋肉）

やけに体格のいい男だった。

一八〇センチを優に上回る長身は、肩回りも胸筋も申し分なく発達し、身に着けた質素な木綿のシャツを突き破らんばかりに張りつめている。

鳥の巣のような白い鬘（かつら）が顔の上半分を覆い隠し、かろうじて見えているのは嘴（くちばし）のように尖（とが）った鼻と、その下の形のいい唇だけだった。

（……ん？　だけど私、この人どこかで……）

なーんか、見たことある気がするんだなあ。

それも、つい最近だ。

内心首を傾げながら、

「こんにちは。私がパトリシア・リドリーよ」

と声をかけてみる。

「お目にかかれて光栄です。美しいレディ」

その朗々とした声を聞いた途端、私は「あっ！」と声を上げた。

「盗賊王ザイード！」

男は優雅に上体をかがめ、芝居がかったお辞儀を披露した。

「さよう。ある時は海賊、ある時は流浪の絵描き、またある時は亡国の王。しかして、その正体は——変化自在の盗賊王、ザイードにございます」

それは『王女と小間使い』に出てきた台詞だった。

彼は、あの日私が目を奪われた仮面の盗賊を演じた役者だったのだ。

「驚いた。あなた、グスマン捜査官のお知り合いだったの？」

「はい。つねづね懇意にしていただいております」

「まあ」

懇意ということは、イサーク様は、あの劇団の後援でもしてるのかしら。

「ところで、例のブローチはもうお手許に？」

私は頷き、天鵞絨張りの小箱に入って届けられたそれを、箱ごとザイードに手渡した。

「これよ」

ザイードがぱかりと蓋を開ける。と、燦然と輝く黄金の七芒星が現れた。

緑青やその他謎の汚れが取り除かれた今、中央に嵌めこまれた白い石は、もはや一点の曇りもなく、午後の光を反射してきらきらと眩しく輝いている。

「こんなに綺麗な石だったなんて」

私は息を呑んでつぶやいた。

「マーセダイトって、まるで本物のダイヤみたいね！」

「マーセダイトではない。これは本物の星のダイヤですよ」

「えっ？　でもファインズ伯爵は、この石はマーセダイトだと……」

ザイードがさっと顔を上げた。

「ファインズが、いえ、ファインズ閣下がそう言ったのですか？　本当に？」

「ええ」

「それに対して、あなたは何と？」

「そうですね、って相槌を打ったわ。宝石にはあまり詳しくないの」

アクセサリーにも大して興味がない。トレーニングの邪魔になるからだ。

ザイードは白い歯を見せてにやりと笑った。

「ふむ。ファインズめ、見事に餌に食らいついたな」

「え？」

「いえ、こちらの話です」

ザイードはそう言うとブローチをしまい込み、代わりに一通の封筒を取り出した。

「お役目ご苦労様でした。あなた様には、こちらをお渡しするよう申しつかっております」

厚手の白い封筒の宛名は「レディ・パトリシア・リドリー」。裏を返すと、目にも鮮やかな真紅の封蠟（シーリングスタンプ）に、ＦＲＳの三文字が浮き出していた。すなわち——……。

Filia Regis Stella（王女ステラ）

「えええええーっ！」

慌てふためいて封を切れば、現れたのは一枚のカード。上半分には金箔（きんぱく）でケレス王家の紋章が、下半分には流麗な筆致で、

ステラ王女殿下におかれましては、来る（きた）八月二十四日、王宮において御催し（おもよお）のご生誕祭に貴女（きじょ）をお招きになります。

ケレス王国摂政　リーヴァイ・ハーン

とあった。

マジか。

王女様から、お誕生会の招待状が来ちゃったよ……。

私はおそるおそるザイードを見た。

「ね、ねえ。これって謹んでお断りするわけには……」

「いかないでしょうねえ」

憐れむようにザイードが言う。

そうよね。仮にも今のこの国で、一番偉い方からのご招待だものね。

ケレス貴族の一員としては、謹慎中だろうが自粛中だろうが、万難を排して行かなきゃならない。

「でも何で?」

やんごとないご身分の王女様は、私のことなどご存じないはず。あ、でも、ダメな意味で私ってば有名人だったわ。これはひょっとしてあれか。誕生日の余興に、残念令嬢がどんな女なのか見てやろう的な?

思い悩む私の頭上で、ザイードがくすりと笑う気配がした。

「ステラ殿下は好奇心旺盛な方ではありますが、そこまで性格が悪くはありませんよ」

「いやだ。私ったら、心の声が口に出てた?」

「ええ、それはもうはっきりと」

そう言うと、ザイードは一歩下がってお辞儀した。

「私はこれでおいとまします。美しいレディ。またいつか、どこかでお会いしましょう」

王女に招かれた驚きのあまり、私がザイードの本名を聞き忘れたことに気がついたのは、それからだいぶ時間が経ってからのことだった。

25 残念令嬢、舞踏会に行く

あくる朝。

ポン！　ポポン！　という花火の音で目覚めると、建国祭初日の王都はすでに祝祭気分で盛り上がっていた。

今朝の体重はきっかり一五一ポンド。ほぼ六八キロだ。

朝からメリサにお風呂で念入りに磨かれ、肌と髪に香油をすりこまれている最中に、アトキンス夫人が入ってきた。

「〈ジョリ・トリシア〉からお嬢様宛てに、ドレスとアクセサリーが届いております」

「えっ!?　私、何も注文してないわよ？」

そうなのだ。建国祭は欠席するはずだったから、それ用のドレスは作っていない。

予定では、この後アトキンス夫人とメリサと三人で、手持ちのドレスをどうアレンジしようか相談するはずだった。

「ともかく、開けてみられては？」

メリサに促されて蓋を取ると、ドレスを包んだ薄紙の上に、小さなカードが載っている。

そこにはただ一行、

盗賊王ザイード

と流麗な筆跡で書かれていた。

「うーん……」

カードを手に、私は考え込んだ。

これは……送り主はイサーク様ってことでいいのよね？

女性にドレスを贈るのに、差出人が女名前の「スザナ・ダンカン」じゃおかしいから、ザイードの名前にしたのよね？

先日の待ち合わせ場所といい、このカードといい、

（イサーク様って、意外とロマンチストなのかしら……）

淡い青の薄紙に包まれたドレスは、海を思わせる深いブルーのIラインで、これまでのエンパイアドレスとちがい、ボディラインがはっきりわかるデザインだった。余分な飾りは一切なく、カッティングの美しさだけで勝負するタイプのドレスである。

「まあ！」

私の隣でアクセサリーボックスを開けたアトキンス夫人が声を上げた。

「ご覧くださいませ、お嬢様。これはもしかすると、国宝級のお値打ち物ですよ！」

金文字でファインズ宝飾店のロゴが入った天鵞絨(ビロード)の箱に入っていたのは、九つの見事なダイヤを連ねた目にも眩(まばゆ)いネックレスだった。

「まさか。これ全部本物じゃないわよね？」

恋人や婚約者に贈るならともかく、私とイサーク様の関係は、以前に婚約を申し入れた側と、それを秒で断った側。アクセサリーはもちろん、本来ならばドレスだって贈っていただく謂れはない。

「ガラス玉……ってことはさすがにないだろうけど、よく似た別の石じゃない？　水晶とかマーセダイトとか」

アトキンス夫人はあきれ顔で私を見た。

「お嬢様。ファインズ宝飾店は代々ダイヤモンドしか取り扱っておりません。まして〈人魚の涙〉など」

「〈人魚の涙〉？」

「マーセダイトのことでございますよ。安価で見た目はダイヤと区別がつかず、加工もしやすいということで、一時はずいぶんもてはやされたのですが……」

その時、執事のピアースがアトキンス夫人を呼びに来たので、話はそれきり終わってしまい、

「さあ、お嬢様。お支度を済ませてしまいましょう」

メリサに言われた私は、おとなしく化粧台の前に座ったのだった。

王女殿下の生誕祭は、殿下がまだ九歳ということもあり、夜会ではなく午後の園遊会となった。

招待客はケレスの主だった貴族のほか、各国の大使や駐在武官、その年の功労者や文化・芸術方面で優れた業績を残した者など多岐にわたり、配偶者も合わせると一〇〇〇人にものぼるという。

王宮までは、お父様と一緒に行くことになっていた。

「美しいよ、パトリシア。そうしていると、若いころのセレーナにそっくりだ」

身支度を終え、タウンハウスのエントランスに下りて行った私を見るなり、お父様はそう言って目を潤ませた。

肖像画を見るかぎり、柳のようにほっそりとしたお母様と、七〇キロ近くある私とでは全然違うと思うんだけど、まぁそこは親の欲目というものだろう。

「嬉しいですわ、お父様」

と素直に誉め言葉をいただいておいた。

式典服に身を包んだお父様は、オールバックに撫でつけたプラチナブロンドが、黒の式典服に映えて見惚れるくらいかっこいい。

この場にもしもスマホがあれば、「#パパと一緒」「#王女様のバースデー」なんてタグ付きで「いいね」ががんがん稼げそうだ。

そんなお父様は、だけど相変わらずご自分の見た目には無頓着で、馬車で王宮に向かう間中ずっと、私の心配ばかりしていた。

「会場では、王宮騎士団の者たちが警備にあたっている。必ず彼らの目の届く範囲にいるようにしなさい。ガゼボや四阿に誘われても、絶対に一人でついて行ってはいけないよ」

なんて、そもそも私を誘おうなんて物好きな人はいないでしょうに。

だけど、次の言葉を聞いた時には、さすがの私もぎょっとした。

「飲み物や食べ物を口にする時は気をつけなさい。少しでも変だと思ったらすぐ吐き出して、メリサにそう言うように」

「王女殿下の生誕祭に、毒を盛るような者がおりますの!?」

お父様は首を横に振った。

「毒ではない。媚薬だよ。ザイファートもそれで嵌められたらしい」

「ザイファート?」

って誰だっけ。

首を傾げていたら、お父様があきれたように私を見た。

「ロッド・ザイファートだ。おまえの元婚約者の。もう忘れたのか?」

ああ、あのロッドね。名前は憶えていたけれど、苗字はすっかり忘れてたわ。

てことは、ロッドに媚薬を飲ませたのは、例の赤毛のセクシー美人?

「レディ・ザイラも、ずいぶんとえげつない真似をなさいますのね」

私の言葉に、お父様が「おや」という顔をした。

「ゴルギ大使の令嬢の名は公にされていないはずだが。よくお前が知っていたな」

「先日お会いしましたもの」

「会った？　どこで」

「正確にはお会いしたというか、お見かけしただけですけれど――」

そう言って、この前ファインズ宝飾店で見た時のことを話すと、お父様は急に厳しい顔になった。

「なるほど。殿下とグスマン捜査官がこの前から動いていたのはこの件か。となると……パトリシア」

「はい」

「これから我々が行く場所で、おまえが決して近づいてはならない男が一人いる」

「……はい？」

「摂政殿下、リーヴァイ・ハーン公爵だ。奴の言葉を聞いてはいけない。目も合わせないほうがいい。ちらりとでも姿が見えたらすぐ逃げろ」

「えっ!?」

リーヴァイ殿下といえば、亡きフランチェスカ女王の王配だった方だ。ステラ王女のお父上にしてケレス王国の摂政。実質この国の統治者である。その方をつかまえて「奴」って一体……。

けれど、お父様の目はこれ以上ないというくらい真剣だった。

「いいね？　お父様との大事な約束だ。必ず守ると誓いなさい」

そのとき。

「旦那様、お嬢様。王宮に到着いたしました」

御者の声とともに、私達の乗った馬車は、がらがらと城門をくぐり抜けた。

開会前に仕事があるというお父様と別れ、私は侍女のメリサを連れて、園遊会が開かれる庭園に足を踏み入れた。

園内には本物のイルカが泳ぐ人工の池を始め、大小の噴水や芝生があり、思い思いに着飾った招待客で華やかに賑わっている。

遠くに見えるステージのような壇の前に人だかりがしているのは、そこにいらっしゃる王女殿下に挨拶しようと並んで待っている人たちだろう。

「私たちも行くわよ、メリサ」

招待していただいたからには、お礼のご挨拶は必須だが、それが済んだらさっさと帰るつもりだった。

〈パトリシア〉にはこんな所で仲良く話せるような友達なんていないし、うっかりジャネットなんかに出くわそうものなら、面倒事が増えるだけだ。

——なんて思っていたのだが。

「あぁら。思ったとおり、最高に似合ってるわよ、そのドレス」

聞き覚えのある声に振り向けば、

「カミーユ！　どうしてここに？」

今日のカミーユはイケメンモードだ。ピンクブロンドの髪をうなじで束ね、プレーンな白シャツに淡いピンクのタイトなベスト。その上にワインカラーのコートを羽織っている。下は白のトラウザーにヘッセンブーツという伝統的な装いだが、シルエットとディテールの見事さは、天才デザイナーの面目躍如というところだろう。

「んふふ。何とアタシ、今シーズンでもっとも活躍した裁断師(クチユリエ)ってことで招待状をいただいちゃったの！」

「すごい！　よかったわねえ！」

と二人で喜び合っているところに、

「リドリー様」

と声をかけて来た人がいた。

「イアン！　それにフローレンス様も！」

本家〈セルドール〉のオーナー夫妻は、私に向かって丁寧に頭を下げた。

「王室御用達(ごようたし)ということで、ここには毎年ご招待いただいているのですが、それも今年で最後かもしれません」

そう言うイアンの顔は、さばさばしたものだった。

「騎士団の制式馬具製作は、次の納品を最後に手を引こうと思います。今後は靴や鍛錬器具など、新しい分野で道を切り拓(ひら)いていこうかと」

「そうだったのね。制式馬具の件は残念だけど、意匠権がないんじゃ仕方ないものね」

「でも、こうして再出発できるのは、ひとえにリドリー様のおかげですわ。本当に何とお礼を申し上げればいいか」

そう言うフローレンス様の手を、私は両手でそっと包み込んだ。

「お礼を言うのは私のほうよ。入学式では優しくしてくださってありがとう。そして、偉そうに命令ばかりしてごめんなさい。あの時かけたご迷惑が、今回のことで少しでも帳消しになればいいのだけど」

ああ、よかった。ようやく言えた。

パトリシアの記憶を思い出してからというもの、ずっとこれが言いたかったのだ。

「パ……リドリー様！　そんなふうに思っていただいてたなんて……」

声を詰まらせるフローレンス様に、私は「それでね」と言葉を続けた。

「よかったら、私のことは昔みたいに名前で呼んでいただけない？　その、私たち、今では前よりいい関係になってるし……」

「それについては承服しかねる」

不意に割り込んできた声は、

「グスマン様！」

黒紫を基調とした財務官の礼装に身を包んだイサーク様は、じろりと私の姿を上から下まで眺め回した。

「イサークと」

「はい？」

「今さらかしこまるような間柄でもない。今後、私のことはイサークと名前で呼んで構わない。

――このように、貴族同士なら合意の上で名前を呼び合うことも可能だが、セルドール夫妻は平民だ。リドリー嬢が許しても、彼らが君を名前で呼べば、彼らのほうが非難を浴びる」

「……そうでしたわね」

私はしょんぼりと肩を落とした。前世と違い、この世界の身分の壁は、そう簡単には超えられないのだ。

「無論、彼らが今後、その功績をもって爵位を得ればその限りではない」

イサーク様がそう続けたのは、一応フォローのつもりかしら。

その時だった。

「パトリシア様――！」

明るい声とともに、妖精のような美少女が話の輪に飛び込んできた。

「シルヴィア様！　ご無沙汰しております」

今日のシルヴィア様は、甘やかなサーモンピンクのドレスを可憐に着こなしていた。すっきりとした上半身に、スカート部分にボリュームをもたせたプリンセスラインは、まだ大人になりきらない彼女の華奢な身体つきを、あますことなく引き立てている。

シルヴィア様は、上目遣いで私の顔をのぞきこむと、ぷうと頰を膨らませた。

「パトリシア様ったら、せっかくおいでになったのに、ちっとも奥にいらっしゃらないんですもの。さっきから王女殿下がお待ちかねですのよ。……では皆様、パトリシア様をしばらくお借りしますわね」

そう言うやいなや、私の腕に腕を絡め、奥のステージがあるほうへとずんずん歩き出してしまう。

それどころか、長蛇の列を作って順番待ちをしている人たちを尻目に、さっさとステージの階段を上ろうとするものだから、私はさすがに青くなった。

「ちょ、ちょっと、シルヴィア様？　あの、お待ちになっている方々がこんなにたくさん……」

「そうですわ！　いくら王女殿下の側近候補だからといって、勝手が過ぎるんじゃありませんこと？」

背後から聞こえた甲高い声に、私は内心ため息をついた。

（あちゃー……。だから、こういうとこには顔を出したくなかったのに）

振り向いた先には、案の定、ジャネットが父のファインズ伯爵と並んで立っている。

「んまあ。誰かと思えばパトリシア様じゃありませんの！　あんなことがあった後で、よくまあ恥ずかしげもなく……きゃ！」

言いかけるジャネットを乱暴に押しのけ、ファインズ伯爵がずかずかと近づいてきた。

かと思うと、いきなり私の喉元に手を伸ばす。

「そっ、その首飾りはまさか……うおっ!?」

「このような場で公然とレディに乱暴を働くとは感心しませんね、ファインズ閣下」

爽やかな笑顔で言いながら、伯爵の手を軽く捩(ね)じり上げているのは……。

「ヘイデン様！」

悲鳴のようなジャネットの声などまるで聞こえなかったように、ヘイデン様は私に笑いかけた。

「パトリシア嬢、久しぶりだね。今日はまた一段と美しい。特に肩から上腕にかけての筋肉のつき具合ときたら、もはや芸術といっていい」

私の隣で、シルヴィア嬢が深いため息をついた。

「……お兄様。女性に対する誉め言葉として、それは大いに問題がありますわ」

「放せ、若造が！　おい貴様、その首飾りはどうした。それはお前のような者がおいそれと身に着けていい品ではない！」

ぶるぶる震える指を私の喉元に突きつけ、口から泡を飛ばしながらファインズ伯爵が叫ぶ。

私の首には、九つのダイヤを連ねた見事なネックレスが、午後の光に燦然（さんぜん）と輝いていた。

26 残念令嬢と星のダイヤ

建国祭初日に催された、ステラ王女の生誕祭。

そのさなか、王女が座るステージの前で、ファインズ伯爵が私に指を突きつけていた。

「お集まりの皆様も、どうか私の話をお聞きください！　今、皆様の前でリドリー嬢が身に着けている首飾りは、先日、摂政殿下より私が直々に製作を承った王女殿下への贈り物なのです！」

「ええっ!?」

知らなかった。

そりゃアトキンス夫人が「国宝級」と言うわけだわ。摂政殿下から王女様への贈り物なら、王家所蔵の宝になるものね。文字通り国宝よ。

だけど。

「そんなとんでもない物が、どうして私のところに送られてきたの？」

「それはもちろん、私がそうするように命じたからだ」

壇上から聞き覚えのある声が降って来た。

朗々と響くその声は……。

「ザイード!?」

「摂政殿下!!」

見上げたステージの奥には、イルカの泳ぐ人工池を背に、白い天蓋つきの椅子が置いてあり、王女殿下はそこに座っていらっしゃるようだった。

「ようだった」と言うのは、その前に立つ人の身体が邪魔で、椅子に座る人の姿はほとんど見えていなかったからだ。

一八〇センチを優に上回る長身のその人は、豪華な礼服を着ていても、見事に発達した筋肉の持ち主であることが見てとれた。

この国では珍しい漆黒の髪に、猛禽類を思わせる黄金の瞳。嘴のように尖った鼻と、形のいい唇。

「え。摂政……殿下?」

壇上の男は愉快そうに微笑んだ。

「さよう。ある時は海賊、ある時は流浪の絵描き、またある時は盗賊王を演じる役者。しかして、その正体は――摂政、リーヴァイ・ハーンです。お見知りおきを、美しいレディ」

私は慌てて目を伏せ、最上級のカーテシーをした。

頭の中はもう大パニックだ。

(待って、待って! あのザイードが実は摂政殿下? 私、この前思いっきりタメ口きいちゃったわよ!)

やだ、どうしよう。不敬罪で死刑かしら。

「安心しなさい。私はその程度で人を死刑にするほど、心の狭い男ではない」

「……お、恐れ入ります……」

どうやら、また心の声がうっかり口に出ていたらしい。

「そんなことより、摂政殿下！　一体どういうことですか。なぜ、この娘があの首飾りを持っているのです？」

憤懣やるかたないといった様子で、ファインズ伯爵が訊ねる。

「言ったとおりだ。私が彼女にこれを贈ったからさ」

「し、しかし、摂政殿下はあの時、これは王女殿下への誕生祝いだと……」

「王女の生誕祭で使うと言ったのだ。贈るとはひと言も言っていない」

そう言うと、リーヴァイ殿下は懐から何かを取り出した。

「本物の誕生祝いはこれだ。……ステラ王女、どうぞこちらへ」

天蓋つきの椅子が軋み、衣擦れの音と共に、リーヴァイ殿下の後ろからひょっこりと姿を見せたのは……。

（えええええっ!?）

これまた見覚えのある少女だった。

「また会ったわね、パトリシア・リドリー」

緩く波打つ黒髪に、午後の明るい陽射しの中では見間違いようのない紫水晶の瞳。今日はその瞳によく似合う淡いラベンダーカラーのドレスに、首元には「S」のペンダントトップがついた華奢な金鎖を巻いていた。

驚きのあまり、私はその姿をまじまじと凝視するばかりだ。

「お……王女、殿下？」

スザナ・ダンカン――いや、ステラ王女殿下はいたずらが成功したような笑顔で口を開いた。

「うふふ。その顔を見る限り、わたくしは上手く小間使い役をやれていたようね」

私ははっと我に返り、またも最上級のカーテシーで深々と頭を下げる。

「王女殿下。このようにおめでたい席にお招きいただき、誠にありがとうございます。九歳のお誕生日、心よりお祝い申し上げます」

「顔を上げて、パトリシア・リドリー。あなたも一緒に、私の誕生祝いを見てちょうだい？」

お許しが出たので目を上げると、壇上では摂政殿下が、きらめく黄金の七芒星を、周りの人にもよく見えるように高く掲げたところだった。

（あれは……）

この前スザナ……じゃない、王女殿下に磨きに出すように頼まれたマーセダイトのブローチだ。

摂政殿下は、さながら舞台役者のように豊かな声を張り上げた。

「これは、かつてある国の王が最愛の女性のために作らせた流星のブローチだ。とある事情で海底に沈み、長らく海獣クラーケンの巣穴にあったものを、私が旅先で見つけ出した。中央に嵌まっているのは〈星のダイヤ〉、大地に落ちた星の欠片から磨き出された、この世に二つとない至宝である！」

見守る人々の間から「おおっ！」と感嘆のどよめきが上がる。

「なるほど、なるほど。そうでしたか。星の名を持つ王女殿下に星のダイヤを贈られるとは、さすが摂政殿下、何とも粋なおはからいで」

すかさず追従するようにファインズ伯爵が続ける。

けれど、私は納得できなかった。

「でも、この前ファインズ伯爵は、あの石をマーセダイトだと……」

「だっ、黙れ黙れ！」

慌てたようにファインズ伯爵が叫んだ。

「あ、あれは紛うことなき〈星のダイヤ〉だ！　よりによってマーセダイトだなどと、言いがかりも甚だしい！」

「あら、それは聞き捨てならないわね」

そう言ったのはステラ王女だった。

「〈星のダイヤ〉と〈人魚の涙〉では、贈り物の重みが違いすぎますもの」

「うむ、確かにその通りだ。私としても、せっかく用意した誕生祝いが紛い物では示しがつかん」

そう言うと、摂政殿下はファインズ伯爵に向き直った。

「ということで、ここは我が国における宝飾の第一人者に、あらためて意見を聞こうではないか。ファインズ伯、この石は〈星のダイヤ〉か、それともマーセダイトなのか？」

「無論、〈星のダイヤ〉に相違ございません」

ファインズ伯爵はきっぱり言い切った。

「長年海底にありながら、石が残っていたのがその証拠。これがマーセダイトなら、石はとうに失せているはずです。〈人魚の涙〉と言われるとおり、マーセダイトは海水にきわめて弱く、しばらく浸けておくだけで溶けてなくなってしまいますからな！」

伯爵がそう言い終えるやいなや。

――ぽちゃん。

妙にのどかな水音がした。

ここらで水のある場所といえば、ステージ奥のイルカ池。

そしてイルカが棲んでいるのは……。

「あら、いやだ。うっかりブローチを海水に落としてしまったわ」

そう言うと、ステラ王女は無邪気に肩をすくめた。

「でも、〈星のダイヤ〉なら溶けはしないから平気よね？」

次の瞬間、

――だっぱーん！

大きな水音と共に、ここまで水しぶきが飛んできた。

ファインズ伯爵が恐ろしい速さでステージを乗り越え、イルカ池に飛び込んだのだ。

「ど、どこだ。ブローチはどこにある!?」

全身ずぶ濡れになりながらも、血眼になって水底をかきまわすファインズ伯爵の背後から、ゆらり、と水面を揺らして近づく影があった。

(えっ。何あれ!?)

イルカにしてはやけに細長く、うねうね動くその影は、くるりと伯爵の周りを回ったかと思うと、その身体を高々と空中に吊り上げた。

「ようし。いい子だ、クラーケン」

と摂政殿下。

ファインズ伯爵に巻きついているのは、吸盤のついた長い触手だった。

「ク、クラーケン!?」

驚愕の声を上げる私に、

「――の、脚だけですわ」

と、シルヴィア嬢が何でもないことのように言う。

「数年前、摂政殿下が旅先でクラーケンと戦った時に、切り落として持ち帰ってきたのです。以来、このイルカ池で飼うことに……」

「…………」

何だろう。この摂政殿下、いろんな意味でフリーダムすぎない?

今さらながら、摂政殿下には近づくな、とお父様に言われたことを思い出す。

ごめんなさい、お父様。何かもういろいろ手遅れみたいです……。

その摂政殿下はといえば、宙吊りになったファインズ伯爵を前に、悠然と腕を組んでいた。

「さて、ファインズ？　おおむね見当はついているが、君の口から言ってもらおうか。本物の〈星のダイヤ〉はどこにある？」

身体中からぽたぽたと塩辛い水をたらしながら、ファインズ伯爵が震える指でさしたのは、私の首にかかった九つのダイヤのネックレスだった。

——その後。
ドグラス・ファインズ伯爵は、隣国マーセデスから禁制品であるマーセダイト——通称〈人魚の涙〉を大量に密輸入していたこと、およびそれをダイヤモンドと偽り、自らの経営する宝飾店で売りさばいていたこと、さらに王家の至宝〈流星のブローチ〉を損壊した罪で逮捕、起訴された。
ジャネット・ファインズは、これらの犯罪には一切関与していなかったと主張。ドグラスもこれを認めたため、連座は免れ、爵位を剥奪された父に代わってファインズ家の次期当主となった。
とはいえファインズ伯爵家は今回の件で男爵家に降格。騙されてマーセダイトを高額で買わされた貴族たちへの賠償金は莫大な額に上り、ジャネットは〈セルドール　ファインズ〉を始め、王都の一等地に建つファインズ宝飾店の店舗も土地も売却して、その費用に充てることになる。

一方、イアン・セルドールは〈吊り鐙〉の製作により騎士団の戦力向上に大きく貢献したとして叙爵された。

晴れてセルドール男爵となったイアンは、ドグラス・ファインズが爵位を失ったことにより意匠権が消失した婦人鞍と騎士団の制式馬具を改めて意匠登録。〈セルドール〉はめでたく本来の主力商品を取り戻した。

空き店舗となった〈セルドール　ファインズ〉が、サンダルを始めとするフットウェア専門店〈セルドール　トリシア〉として華々しくオープンするのは、もう少し先のことになる——。

エピローグ　残念令嬢は今日も行く

左半身を上に、体を真っすぐ伸ばして横向きに寝る。

右肘を右肩の真下に置き、右足に左足を重ねて揃える。

右腕と右足だけで体を持ち上げ、頭から足までが一直線になるように姿勢を保つ。

その状態を一〇～三〇秒キープし、終わったら逆サイドも同じ手順で行う。


サイドプランクは、普通のプランクより強度が高く、体側の筋肉に負荷をかけるため、いわゆる「くびれ」を作るのに有効なトレーニングだ。

左右の筋肉を別々に鍛えられるため、姿勢の歪みを矯正したり、ボディラインの左右バランスを整えたりしたい時にも役に立つ。

まぁ私の場合、「くびれ」以前の問題として、お腹周りに浮き輪みたいについたこの脂肪を何とかするのが先決だけど……。

（そうだ！　脂肪といえば）

前世の体重計では、体重と一緒に体脂肪率も表示されていた。

体に微弱な電流を流し、その電気の流れやすさから、体脂肪の量を計算するのだ。

もちろん、この世界にそんなハイテク機器はないけれど、体脂肪は確か、手作業でも測定できたはず。

(皮下脂肪の厚みをノギスで測って、計算式に当てはめればいいんだもの)

ノギスって、この世界にはもうあるのかしら。

ちょうどそのとき、ドアがコツコツとノックされ、ティーセットの載ったワゴンを押してメリサが部屋に入ってきた。

私は彼女ににっこり笑いかける。

「ねえ、メリサ?　ちょっと聞きたいことがあるんだけれど……」

あとがき

こんにちは。円夢（まるむ）です。

今でこそ週四で道場、月二でパーソナルジムに通い、身体もそこそこ絞れている私ですが、十代の頃は七〇キロ超えの肥満体でした。

大きなサイズのコーナーなんて、ほとんどなかった時代です。

制服以外の普段着は、おばちゃん向けのだっさいデザインか、おじさん用の地味〜な色合いのズボンしか合うサイズがありませんでした。

そんな私が着たかったのは、当時の少女漫画でヒロインたちが着ていたようなフリル満載のブラウスや、ふんわり広がるフレアスカート。あるいは映画「風と共に去りぬ」でヴィヴィアン・リー扮（ふん）するスカーレット・オハラがとっかえひっかえ着ていたような豪華なドレスの数々でした。

時は流れ、一九八〇年代後半頃からピンクハウスのブームがやってきます。レース満載のペチコートにフリルのワンピース、赤やピンクのスカートの上に、花柄のワンピースを重ね着する少女趣味なスタイルは、まさに十代の頃の私が憧れてやまなかったドレスの具現化でした。

一九九〇年代。社会人になり、ある程度自由になるお金を手にした私は、生まれて初めてピンクハウスの店内に足を踏み入れます。

どきどきしながら試着室で袖を通したフリル満載のワンピースは――……。

壊滅的に似合いませんでした（笑）。

私たちの肌にはそれぞれ似合う色があり、顔かたちにはそれぞれ似合うデザインがあり、体型にはそれぞれ似合うフォルムがある、ということを系統立てて私が学ぶのは、さらに先の話になります。

今の私が時を遡り、あの頃の私に会いに行けたら、こういうことを教えるだろうな、というのがこのお話。

楽しんで読んでいただければ幸いです。

最後になりましたが、この本の制作に携わってくださったすべての方々。そして、この本を手にとってくださったすべての読者の皆様に、心からの感謝を。

円夢

残念令嬢パトリシアの逆襲 1
～メタボ令嬢がガチ筋トレに励んだら、過去に婚約を断って来た殿方たちが、なぜかやたらと絡んできます～

発行　2025年3月25日　初版第一刷発行

著者　円夢
イラスト　眠介
発行者　永田勝治
発行所　株式会社オーバーラップ
〒141-0031
東京都品川区西五反田8-1-5
校正・DTP　株式会社鷗来堂
印刷・製本　大日本印刷株式会社

ISBN 978-4-8240-1122-0 C0093

【オーバーラップ　カスタマーサポート】
電話　03-6219-0850
受付時間　10時～18時（土日祝日をのぞく）

作品のご感想、ファンレターをお待ちしています

あて先：〒141-0031　東京都品川区西五反田8-1-5 五反田光和ビル4階　ライトノベル編集部
「円夢」先生係／「眠介」先生係